ISBN 2-203-17013-1

YVES SANDRE

TERREMOTO

illustré par
JEAN-LUC DIDELOT

Passé Composé

casterman

La famille de Terremoto

Marie Ranson, née Perrier.

Nicolas Ranson, son fils.

Jeanne et Jacques Gravier ont une fille, Cécile, épouse de Nicolas Ranson.

Nicolas et Cécile auront huit enfants :

Joseph, né en 1768.

Marie-Rose, morte en 1771.

Madeleine, née en 1771.

Jacques *(Terremoto)*, né le 15 mai 1772.

Adélaïde, née en 1773.

Jean-Marie, né en 1775.

Agathe, née en 1776.

Paul-Antoine, né en 1781.

Marguerite Lombard, née Perrier, sœur de Marie Ranson. Son fils Antoine, cousin germain de Nicolas, épouse Joséphine Bourdan. Leurs enfants, petits-cousins de Terremoto, sont :

Guillaume, né en 1782.

Henri, né en 1784.

Marie-Sophie, née en 1786.

1

Bien que le travail fût difficile, l'accoucheuse, madame Izoard, n'avait pas jugé utile de faire appeler le médecin de Briançon. Près de l'une des trois hautes fenêtres qui donnaient sur la rue principale de Chantemerle, se tenait, muette et raidie, la belle-mère, Marie Ranson. Son visage, encadré dans le bonnet noir des veuves, exprimait moins l'angoisse d'une naissance qui tardait à venir que la contrariété d'avoir entendu sa bru, quelques heures auparavant, refuser le stimulant traditionnel, foie et cœur d'anguille macérés dans du vin. Chaque gémissement de Cécile semblait à sa belle-mère le prix d'une éducation contestable reçue chez les ursulines de Briançon : une idée des Gravier, qui auraient mieux fait d'élever chez eux leur fille jusqu'à son mariage. Une dernière plainte, plus longue et plus forte, annonça que l'enfant allait enfin sortir. Quand madame Izoard l'eut tiré au jour, elle s'aperçut que le cordon faisait deux fois le tour du cou. D'abord suffocant, le nouveau-né réagit bientôt aux frictions et aux petites claques. Il poussa des cris faibles, mais bien articulés. L'accoucheuse exprima sa satisfaction.

— Voilà une affaire presque terminée. Ma chère Cécile, votre fils n'est pas gros, mais il est parfaitement constitué. Il doit peser dans les six livres royales de Paris. Sept si on compte en livres de Gap. Ce sera un gaillard de tempérament. Voyez comme déjà il cherche à téter son pouce. Vous le mettrez au sein dès que vous vous sentirez un peu moins faible.

Cécile Ranson, malgré les papillons noirs qui lui passaient devant les yeux, souleva la tête. Elle fut frappée par la finesse du petit visage émergeant des linges blancs que la matrone entreprenait de serrer étroitement. Le nouveau-né ne ressemblait ni à Joseph, âgé de quatre ans, ni à Madeleine, venue au monde voilà exactement treize mois. Peut-être avait-il la bouche et le nez de Marie-Rose, qu'une mauvaise diarrhée avait emportée au mois d'août dernier. L'accouchée rassembla toutes ses forces pour sourire à son mari, Nicolas, qui entrait dans la chambre.

— Je t'ai fait un beau petit. Nous l'appellerons Jacques, comme convenu.

— Je suis monté quand je l'ai entendu crier. Tu n'es pas trop lasse ?

— Je me sens très bien. Dans quelques jours je serai debout.

— Rien ne presse.

— Il faut que la maison tourne.

Cécile contempla le visage de son mari, penché sur le berceau, avec une tendresse renforcée par la présence du nouvel enfant. Jamais Nicolas ne lui était apparu aussi distingué : une allure de grand seigneur italien, avec sa courte barbe soigneusement taillée. La sage-femme, qui avait rangé les linges et les cuvettes, se rapprocha des époux Ranson.

— Je me vois obligée de congédier l'heureux papa. Il me reste à retirer le placenta.

Nicolas embrassa son épouse et étreignit longuement sa mère. Il s'éloigna, un peu voûté, à pas inégaux. Il s'excusa en frôlant la longue jupe d'une voisine qui remettait des bûches dans la cheminée. Un coup de tisonnier souleva une colonne d'étincelles, très vite noircies et aspirées vers le haut. La porte de la chambre franchie, le mari se retourna pour adresser à l'accouchée un bref sourire, un geste rapide de la main.

— Je vais prévenir l'oncle curé. Il est onze heures. J'ai des chances de le trouver. En même temps, j'informerai nos cousins Lombard. Puis je galoperai jusqu'au Monêtier. Tes parents seront contents d'apprendre qu'ils ont un second petit-fils. La neige a fondu. Je pourrai prendre mon cheval.

— Va, mon ami. Plus tôt sera baptisé le petit Jacques, mieux cela vaudra.

Jacques. Son fils serait placé sous la protection de Jacques le Majeur, à qui était consacrée l'église de Chantemerle. Marie Ranson, la belle-mère, serait la marraine de l'enfant; monsieur Gravier, son parrain. Cécile évoqua avec une affection profonde la silhouette et le visage de son père, cultivateur au Monêtier. Soudain elle ferma les yeux, à la fois pour lutter contre les douleurs que lui causait la délivrance et pour évaluer les tâches qui l'attendaient : l'allaitement, le ménage, les comptes de la quincaillerie, la reprise en main de la petite Madeleine et surtout de Joseph, qu'elle entendait à présent jouer au cheval dans la cour intérieure.

Nicolas Ranson jeta une cape sur son habit de gros drap vert, descendit dans l'écurie, sella et enfourcha son cheval. La maison natale des Ranson était bâtie à la sortie de Chantemerle, à droite de la route reliant le village à Briançon. Nicolas ne regretta pas de s'être habillé chaudement : les coups de vent, même en cette saison, n'étaient pas rares dans la vallée de la Guisane. Il attacha sa monture à l'anneau de fer fixé dans la maison des Lombard, dont la façade la plus importante, percée de dix fenêtres, regardait l'arrière de l'église. Le curé Ranson était en train d'étudier les comptes de la paroisse. Son visage austère devint interrogateur quand le visiteur pénétra dans le presbytère.

— Alors, tu m'apportes la bonne nouvelle ?
— Cécile vient de mettre au monde un petit Jacques.
— Dieu soit loué ! Cela n'a pas été trop dur ?
— Non. Seulement un peu long. Pour le baptême...

— Je peux le faire demain matin, à onze heures.

— C'est bien, mon oncle. J'aurai le temps d'aller prévenir mes beaux-parents, au Monêtier.

— N'oublie pas nos cousins Lombard.

— J'allais passer chez eux.

Les Lombard étaient alliés aux Ranson par les femmes. Marguerite, sœur de Marie, avait épousé Jean Lombard, qui était mort en 1767, à cinquante ans. Le fils aîné, Antoine, cousin germain de Nicolas, gérait un domaine assez vaste avec sa mère, son frère et sa sœur : des terres, des prés, et une grande étendue de pins et de mélèzes qu'on appelait le Sapet. Nicolas éprouvait toujours un malaise fugitif à contempler la maison des Lombard, plus spacieuse que la sienne, comportant deux étages, le premier pourvu d'une galerie qui donnait accès au fenil. Toutefois son toit était en planches, tandis que celui des Ranson avait été récemment refait en petites lauzes, pour limiter les risques d'incendie. Nicolas ne trouva que sa tante Marguerite dans la cuisine. Elle accueillit la nouvelle de la naissance avec un sourire un peu triste.

— Le baptême aura lieu demain à onze heures.

— Je ne sais pas si nous pourrons tous y assister. A cette heure-ci, le travail commande. Antoine trouvera peut-être le moyen de se rendre libre.

— Cela me ferait plaisir.

Sur la route du Monêtier, Nicolas mit son cheval au petit trot. Les crêtes de l'Envers et de l'Adret portaient encore des chapes de neige éblouissante, d'où descendaient des coulées aux formes étranges, qui excitèrent l'imagination du cavalier.

Les premières maisons du Monêtier, larges et trapues, qui se tassaient dans le cirque élargi de la Guisane, le firent revenir à la réalité. Ses beaux-parents habitaient au centre du bourg, près d'un énorme tilleul, aux premières feuilles si délicates qu'elles semblaient une fumée vert tendre. Jacques Gravier comprit tout de suite ce qui amenait son gendre.

— C'est un fils ?

— Oui, père. Cécile n'a pas trop souffert. Elle va bien.

Madame Gravier croisa les mains sur sa jupe grise. L'émotion accentua la bonté un peu rude de son visage.

— J'ai bien prié pour elle.

— Le baptême aura lieu demain à onze heures.

— Nous y serons. J'attellerai la carriole.

La cérémonie fut menée posément par le curé Ranson. La puissante carrure de Jacques Gravier semblait encore s'élargir pour mieux protéger son filleul, qui sommeillait, enveloppé de blanc, dans les bras de Marie Ranson. Les questions et les réponses achevées, il se produisit un petit miracle. Le nouveau-né ouvrit les yeux, et, tandis que le sacristain faisait tinter la cloche, il fixa la flamme du cierge, qui tremblait au-dessus de lui. Le prêtre en fut transporté.

— Vous avez vu ? Ce gaillard ne craindra pas de regarder la vérité en face. Il sera habité par la lumière de Dieu. Il ne serait jamais que le treizième ecclésiastique de la famille.

La voix de Jacques Gravier emplit la nef.

— Et pourquoi pas évêque ? Ou même cardinal ?

— En attendant, je rédige l'acte et je vous demande vos signatures.

Le curé Ranson ouvrit le registre paroissial. A la suite d'un avis mortuaire, rédigé deux jours auparavant, il écrivit, avec une plume d'oie toute neuve, en caractères un peu appuyés, un peu maladroits :

« L'an mil sept cent soixante et douze, le quinzième jour du mois de mai, a été baptisé Jacques Ranson, fils du sieur Nicolas et de demoiselle Cécile Gravier, conjointe, lequel est né de la veille. Son parrain a été sieur Jacques Gravier du lieu du Monêtier, son grand-père maternel, et sa marraine demoiselle Marie Perrier, la grand-mère paternelle, de ce lieu. Et ont signé Jacques Gravier, Marie Perrier, Joseph Ranson, curé, Lombard. »

2

Pendant l'année qui suivit sa naissance, Jacques ne posa guère de problèmes à ses parents. Il faisait de longues nuits, ne pleurait presque jamais et tétait bien. Quand eurent cessé les grandes pluies de juillet, mêlées de grêle, qui ravagèrent les campagnes, Jacques fut installé dehors dans son berceau, aux heures les plus tempérées. Un voile de mousseline le protégeait des mouches et des guêpes. À cinq mois il commença à se redresser tout seul dans son berceau en s'agrippant aux traverses de bois. Une fois bien calé, il promenait des regards pleins d'un vif intérêt sur les gens qui allaient et venaient, sur les bêtes monstrueuses rentrant de la pâture, sur les éclats de soleil prisonniers des vitres. Très tôt, les deux aînés donnèrent à leur petit frère des tranches de pain dur, que l'on coupait assez fines avec le *tarouiro*, sorte de grande lame articulée à un anneau au-dessus d'une solide planche de mélèze. Cécile Ranson pétrissait de grosses miches qu'elle portait à cuire chez ses cousins Lombard, qui lui vendaient à bas prix la farine tirée de leur propre blé. Une petite partie du pain était consommée fraîche. Le reste était mis en réserve pour l'hiver. Dès qu'il entendait et voyait le couteau entrer en action, Jacques émettait des grognements de désir, qui amusaient tout le monde, et dont son père lui-même ne pouvait s'empêcher de sourire. Si l'on ne comprenait pas instantanément les termes qu'il déformait, l'enfant frappait la table à grands coups de cuiller, ou même se martelait le front contre le bois de son berceau.

La jeune mère devint plus nerveuse quand elle s'aperçut qu'elle était de nouveau enceinte. L'accouchement aurait lieu à l'automne de 1773. La perspective d'avoir quatre enfants à élever tenait Cécile moins en souci que les obligations qu'elle sentait se multiplier autour d'elle. Sa belle-mère finit par ne plus descendre que pour le repas de midi. Le soir, il fallait lui monter son assiette de soupe, son pain et son fromage. A cela s'ajoutèrent des difficultés commerciales, une mauvaise récolte, et des présages inquiétants : gelées tardives, grêlons gros comme des œufs, même un tremblement de terre. Il arrivait que Cécile éprouvât une lassitude qui l'obligeait à mobiliser toutes ses forces pour contenir ses larmes. Sa seule détente lui venait de la grand-messe, à laquelle elle assistait chaque dimanche, pendant que

Nicolas gardait les enfants, lui-même se contentant du petit office assuré tôt le matin par son oncle.

La naissance d'Adélaïde, le 24 octobre 1773, n'apporta qu'un court répit dans la vie chargée de Cécile. Très vite les anciens soucis reparurent. Cécile Ranson, épuisée par l'allaitement, n'arrivait plus à contrôler les ébats et les farces des trois aînés. Des problèmes plus urgents la travaillaient. Si la provision de pain était à peu près assurée, il n'en allait pas de même pour les réserves de viande, dont aurait dû s'occuper Nicolas. Son épouse se débattit encore quelque temps, puis finit pas envoyer un message de détresse à ses parents.

Jacques Gravier, malgré la neige, n'hésita pas, un dimanche de décembre, à atteler sa carriole. Il lui fallut presque trois heures pour parcourir les deux lieues séparant Le Monêtier de Chantemerle. Les parents de Cécile avaient apporté avec eux du lard, un demi-agneau salé, deux quintaux de pommes de terre. Le repas achevé, l'unique verre de vin bu par chaque homme, Jacques Gravier prit la parole.

— Vous savez que Cécile n'est ni une paresseuse ni une geignarde. Si elle nous a appelés à l'aide, c'est qu'elle se sent écrasée par ses tâches. D'ailleurs, il n'y a qu'à voir sa maigreur. Cela ne peut continuer ainsi. Je ne blâme personne. Mais enfin il faut agir. Voici ce que je propose. Un : demander à Dieu qu'il ne vous envoie pas des enfants avec une telle fréquence. Deux : que Nicolas fasse davantage confiance à son commis, et ne passe que trois jours sur six à la quincaillerie. Le reste de la semaine, il pourra aider aux travaux de la maison. Trois : je fais don à la petite Adélaïde d'une agnelle que j'élèverai avec mes bêtes. A dix-huit ans, par le jeu des naissances, elle se trouvera à la tête d'au moins trente brebis, qui lui constitueront la plus sûre des dots. Quatre : pour soulager Cécile, ma femme et moi pourrions prendre Joseph avec nous au Monêtier. Ainsi notre maison sera plus gaie. Elle revivra.

Cécile fut la première à répondre.

— Mon père, je suis d'accord avec ta troisième proposition, dont je te remercie. La première regarde Dieu exclusivement, et la deuxième ne dépend que de Nicolas. Quant à vous confier Joseph... Certes, ce serait pour nous un réel soulagement. Mais je pense qu'un enfant doit vivre avec son père et sa mère.

Ce qu'elle ne dit pas, c'est qu'elle ne voulait pas que Joseph fût pris en main par ses grands-parents. Leur système d'éducation avait fait de leurs deux fils des colporteurs qui vivaient d'expédients, l'un à Grenoble, l'autre à Marseille.

3

Le début de l'hiver se passa mieux qu'il n'était prévu. Grâce à ses cousins et à ses parents, Cécile put reconstituer les réserves de pain et de viande. Nicolas fit rentrer assez de bois et de charbon de terre pour chauffer les pièces où l'on séjournait. Les veillées près des bêtes reprirent. Les femmes filaient, Nicolas racontait les faits divers de Briançon, ceux qu'il tenait des colporteurs ou puisait dans les gazettes. Le cousin Antoine montra à Joseph ses premières lettres. Mais certains événements compromirent l'équilibre installé chez les Ranson. Grand-mère Marie fut frappée d'une paralysie presque totale. Son corps devint semblable à une vieille statue de bois. Seuls demeurèrent vivants ses yeux et sa main gauche. La nourrir, la nettoyer, glisser sous elle le vase, tous ces soins occupèrent Cécile plusieurs heures par jour. Personne ne suggéra le transfert de la malade à l'hôpital du Monêtier, où les places étaient limitées. On finit par engager, sur la recommandation du curé, une jeune orpheline nommée Françoise, qui, pour huit livres par mois, surveillait les enfants, épluchait les légumes et balayait la maison. Cécile se fût bien passée de cette dépense supplémentaire. Mais son agacement se transforma en colère froide à l'occasion d'une nouvelle charge financière dont se rendit coupable son mari. Ce dernier, à la fin du mois d'avril, s'abonna à une feuille locale hebdomadaire appelée *Affiches, annonces et avis divers de Dauphiné.* Il lui en coûterait sept livres dix sols par an. Le premier numéro paru le 6 mai 1774. Le soir même, Nicolas étala religieusement le périodique sur la table commune. Cécile, qui venait d'allaiter Adélaïde, fronça les sourcils.

— Qu'est-ce que ce papier ?

— Une publication régionale très importante.

— Il ne manquait plus que cela. Encore une dépense inutile.

Nicolas, brusquement, s'irrita et monta ranger le périodique dans un petit secrétaire de merisier. Mais il prit sa revanche avec un poème que publièrent les *Affiches* dans leur numéro trois. Il était consacré à Louis XV, qui venait de mourir, et à Louis XVI, son successeur. Le texte s'achevait ainsi :

Louis-Auguste, au rang des rois,
A pris le sceptre de son père :
Comment accorder à la fois
Le mal qu'on souffre et le bien qu'on espère ?

Nicolas lut le poème devant les Gravier et les Lombard, le dimanche qui suivit. Presque tout le monde applaudit. Seul Antoine prétendit tenir d'un colporteur qu'à Paris de grands personnages n'étaient guère favorables à Louis XVI. On disait qu'il avait des yeux de savon, un gros cul et que, du reste, il était plus allemand que français par son ascendance. Son règne serait pire que celui de Louis XV. Dans le silence qui suivit, une voix d'enfant répéta avec ivresse :

— Gro-cu, gro-cu.

C'était celle de Jacques, dont on avait fêté le deuxième anniversaire une semaine auparavant. Cécile gronda son fils. Depuis quelques mois, il se livrait à des gestes d'une vivacité incontrôlable : laisser tomber un verre sur les dalles, balayer du coude tout ce qui se trouvait sur la table, essayer d'enfoncer ses doigts dans les yeux d'Adélaïde. Les sanctions ne faisaient que provoquer de nouvelles sottises.

L'été apporta quelque détente dans la famille Ranson. Joseph fut engagé par le cousin Lombard pour accomplir de menus travaux dans les champs et le jardin. Madeleine commençait à pouvoir s'occuper de sa petite sœur Adélaïde. Jacques se rapprocha de Françoise, la servante, pour laquelle il éprouvait une attirance chaque jour plus grande. Les adultes se réjouissaient que Louis XVI eût désigné Turgot comme contrôleur des Finances. Son édit sur la libre circulation des grains fut accueilli favorablement par Jacques Gravier et Antoine Lombard. Cette mesure atténuerait peut-être les effets désastreux des pluies qui avaient couché les récoltes et grossi les eaux de la Guisane au point qu'elles avaient emporté le pont de bois qui permettait de passer sur l'Envers.

Juste avant la première neige, un curieux incident confirma la nature violente du petit Jacques. Un matin, l'enfant aperçut dans la cour un petit chat noir, visiblement égaré. Il s'en approcha, mains tendues. Sans méfiance, la bête haussa le dos et se mit à ronronner. Mais quand elle se sentit soulevée, elle se débattit. Une de ses griffes traça sur le poignet gauche de Jacques un sillon brûlant, vite envahi par le sang. Furieux, l'enfant lança le chat contre un mur, où il se fracassa. A ses pieds, il n'y avait plus qu'une loque sombre, tachée de rouge, inerte. Le cœur battant, Jacques s'élança vers sa mère qui actionnait le soufflet, agenouillée devant la cheminée.

— Maman, Jacques il a fait une om'lette avec un 'tit chat.

Cécile contempla le petit cadavre sans rien dire, hocha la tête, puis rentra pour charger le feu. Elle se sentait lasse. L'approche de l'hiver ramenait les mêmes problèmes que l'an dernier. L'enfant, soulagé de ne recevoir ni gifle ni punition, tendit les bras vers les flammes qui montaient par saccades à l'assaut de la cheminée. Elles emplirent Jacques d'un bonheur si intense qu'il en battit des mains.

4

Dès le début de l'hiver, une épidémie de grippe se répandit dans la vallée de la Guisane. A Chantemerle, Marie Ranson fut touchée l'une des premières. Sa paralysie l'avait fait maigrir. Il était clair qu'elle n'offrirait pas de grande résistance. Cependant, la veille de Noël, elle sembla aller mieux. Le soir, on put lui faire prendre un peu de la traditionnelle soupe aux pâtes. Tandis qu'elle mangeait avec une avidité maladroite, de grosses larmes roulèrent sur ses joues que le temps avait marquées d'innombrables griffures. Nicolas se reprit à espérer. Cécile jugea honnête de ne lui laisser aucune illusion.

— Ta mère pleure parce qu'elle revoit sa vie. Comme tous ceux qui sont sur le point de s'en aller. Tu devrais appeler ton oncle.

— Tu crois ?

— Ne tarde pas.

Nicolas se vêtit le plus chaudement possible et progressa vers l'église. Le curé prit les objets nécessaires à l'extrême-onction. Le prêtre administra les derniers sacrements à Marie Ranson qui, quelques heures plus tard, cessa de vivre. Son fils, lui ayant fermé les yeux, resta assis, figé, près du lit mortuaire.

Le froid exceptionnel persistant, il fut impossible de creuser la tombe de la défunte. Les manches de pioche auraient cassé sur le sol transformé en pierre. Avec l'accord du prêtre, on décida de conserver le corps, enveloppé d'un double drap de chanvre, dans la petite construction, exposée au nord, qui prolongeait le bâtiment principal. Une chandelle brûlait en permanence à son chevet sur une bille de bois. La forme voilée, rigide, semblable à une chrysalide, suscitait la curiosité de Jacques.

— Grand-mère, pourquoi elle est là ?

— Elle est morte, mon chéri.

— Morte ?

— Oui. Elle est au ciel.

Jacques levait les yeux sans comprendre vers les nuages gris sombre, tandis que sa mère le ramenait dans la cuisine tiède.

— Si elle est au ciel, pourquoi elle est là ?

— C'est trop difficile à t'expliquer.

Aussi longtemps que la dépouille de l'aïeule resta dans le hangar, Jacques se montra exceptionnellement sage. La troisième semaine de janvier, le gel ayant quelque peu cédé, on put enfin procéder à l'inhumation. Selon une tradition ancienne à

Chantemerle, le corps fut déposé dans la fosse simplement protégé par deux draps.

Un redoux relatif, loin d'atténuer l'épidémie de grippe, l'aggrava. Chez les Ranson, elle toucha d'abord Joseph. Puis elle frappa la servante, et enfin Cécile, qui dut se coucher pendant quarante-huit heures. Elle avait eu le temps de faire infuser des feuilles sèches d'absinthe et de centaurée dans du vin blanc, et d'y ajouter de l'eau-de-vie. La potion lui donna des nausées et des vertiges, mais elle provoqua une sudation abondante. A peine la fièvre commençait-elle à baisser que Nicolas faillit tomber en syncope en revenant d'un voyage pénible à Briançon. Pour soigner son mari, Cécile se releva plus tôt qu'il n'aurait fallu. La convalescente s'épuisa dans l'inquiétude et les nuits de veille. Cette année-là, la famille Ranson ne participa pas aux rites de la Chandeleur. Personne ne transporta les cierges bénits dans l'écurie et devant chaque lit pour en écarter les maladies. On se contenta de répéter les vieux proverbes : « A la Chandeleur, grandes douleurs » et « A la Chandeleur, l'hiver se passe ou prend vigueur. » Les grandes douleurs persistèrent, mais l'hiver ne reprit pas vigueur.

A la fin du mois de mars, Cécile s'aperçut qu'elle était de nouveau enceinte. Alors recommença pour elle le cycle coutumier : énervement, fatigue, impatience envers les enfants et envers elle-même. Nicolas ne pouvait lui être d'aucun secours, car les affaires de la quincaillerie le préoccupaient, et aussi la situation économique générale. La récolte médiocre de l'été précédent, la rigueur de l'hiver avaient réduit les réserves de farine. Les petites gens ne mangeaient guère à leur faim. Un manœuvre qui gagnait deux cents francs par an devait en dépenser plus de cent pour son pain. Des émeutes éclatèrent à Dijon, puis dans la région parisienne. Quelques meneurs furent pendus. Le sacre de Louis XVI, célébré à Reims avec un faste exceptionnel, fit oublier un temps les difficultés qui pesaient sur les sujets les plus déshérités. Jacques Gravier en mit de côté le récit que publia la *Gazette de France.* Alors se produisit un accident qui entraîna pour la famille Ranson des conséquences imprévues.

Le dernier jeudi de juin, Cécile, en enlevant du feu sa lessiveuse lourdement chargée, fit un effort qui lui provoqua dans le ventre une douleur brutale. Alerté, Antoine Lombard ramena de Briançon, en carriole, madame Izoard, qui prescrivit impérativement à sa cliente de garder le lit, de s'en remettre de toutes ses tâches à la servante, et surtout de placer un ou deux de ses enfants chez des gens de confiance. Le soir, quand Nicolas rentra, la vue de son épouse couchée, un peu blême, somnolente, l'impressionna au point qu'il courut consulter son oncle. Tous deux décidèrent de réunir un conseil de famille. On écrivit même au curé Jean Ranson, un autre oncle de Nicolas, qui desservait la paroisse d'Aiguilles en Queyras.

Le jour de la réunion, le deuxième dimanche de juillet, Antoine Lombard proposa de prendre

Joseph avec lui en permanence, moyennant trois livres par mois, plus la nourriture et l'entretien.

— Voilà déjà un galopin de casé, remercia Jacques Gravier. Reste Jacques. En tant que grand-père et parrain, je demande à m'occuper de lui. Le Monêtier n'est pas loin de Chantemerle. Jacques pourra de temps en temps venir voir ses parents. Ou l'inverse. Sommes-nous d'accord ?

Tous l'approuvèrent. Cécile essuya quelques larmes. Pour un peu, elle se fût accusée d'être une mauvaise mère. Elle n'eut pas le temps de s'exprimer. Son père, déjà, reprenait la parole.

— Je constate qu'il n'y a pas d'opposition. Je propose de boire à la santé de notre bien-aimée Cécile, de faire le paquet de Jacques, et de l'emmener ce soir au Monêtier.

Le curé Joseph Ranson déboucha une bouteille de vin blanc. On appela les enfants. Nicolas toussa un peu.

— Mes enfants, maintenant vous êtes grands. Comme vous le voyez, maman Cécile est très fatiguée. Elle doit rester couchée pour pouvoir mettre au monde le petit frère ou la petite sœur qu'elle attend. Nous avons donc décidé, pour la soulager, que Joseph ira vivre et travailler chez le cousin Antoine, tandis que Jacques habitera avec grand-père et grand-mère Gravier à Chantemerle.

Le visage du jeune Joseph, d'ordinaire épanoui, devint grave. Il se mordit à petits coups la lèvre inférieure. Jacques, lui, fut saisi d'une frénésie subite. Il sauta, cria, courut autour de la pièce en faisant claquer ses sabots sur le plancher.

— Vais aller au Ménotier ! Vais aller au Ménotier !

— Non. Au Monêtier.

Jacques Gravier riait : l'erreur de l'enfant le ravis-
sait. Le vin blanc mit tout le monde de bonne
humeur. Seule Cécile dominait mal sa tristesse de
se séparer de ses deux garçons, de Jacques surtout, dont la joie la meurtrissait. Les Lombard
partis avec Joseph, on empila dans un grand
torchon les chemises, les chaussettes et les tri-
cots de Jacques. Il était tellement enthousiaste de
s'en aller au Monêtier qu'il embrassa très vite les
siens, même sa mère, qui tenta de le retenir un
instant sur sa poitrine. En bas, Jacques Gravier fit
claquer son fouet.

— En route, mauvaise troupe !

Jacques s'assit dans la carriole entre son grand-
père et sa grand-mère. Quand le cheval se mit en
marche, l'enfant se leva et se retourna pour agiter
la main droite. Pour lui commençait une aventure
extraordinaire.

5

Les premiers jours que Jacques passa au Monêtier furent d'une plénitude totale. Il explora la
ferme, presque aussi importante que celle des
cousins Lombard. De nombreuses poules pico-
raient et caquetaient dans la cour. Des canards
pataugeaient dans une petite mare creusée contre
l'écurie. Il admira leur col vert et bleu, leurs
plumes blanches entre lesquelles ils ne cessaient
de fourrer leur bec, à la recherche de quoi? Au
premier étage, une longue galerie était en partie
remplie de foin. Son odeur était puissante et
douce. Jacques se creusait là-dedans des niches
où il jouait à dormir pendant quelques secondes.
La partie droite de la galerie était vide; elle attendait les récoltes qu'on y mettrait à sécher, les
gerbes dressées sur leur base. Entre les deux
ailes du grenier était ménagée une ouverture sans

porte, devant laquelle pendait une corde passant sur une poulie et terminée par un gros crochet.

— A quoi ça sert, grand-père ?

— A monter les bottes de foin et de céréales.

— C'est quoi, les céréales ?

— Le blé, l'épeautre, le seigle, l'avoine.

— Tu pourrais me monter par le crochet ?

— Tu n'es pas une botte.

Jacques ne répliqua pas. Mais le lendemain matin, alors que son grand-père était parti pour les champs, et que sa grand-mère s'occupait du repas, il réussit, à l'aide d'une baguette, à amener le crochet jusqu'à lui. Il le saisit à deux mains et, fermant les yeux, il s'élança dans le vide. C'est seulement quand il eut touché le sol, cinq mètres plus bas, dans un contact un peu rude, qu'il prit conscience du plaisir que lui avait procuré la descente : une espèce de légèreté miraculeuse, à peine restreinte par la crispation des mains. S'il essayait encore, peut-être allait-il se transformer en oiseau. Ivre de lui-même, Jacques remonta dans la galerie par l'escalier qui partait de la remise, et se préparait à sauter quand grand-mère Gravier apparut sur le seuil de la maison.

— Jacques, qu'est-ce que tu fais là ? Tu n'es pas fou ? Je t'interdis...

Déjà la poulie grinçait, la corde glissait, l'enfant descendait comme un lourd paquet. Cette fois, il se reçut mal. Sa jambe droite se trouva prise sous son corps. Il y porta la main en poussant un petit cri.

— Mon Dieu, tu t'es sûrement cassé quelque chose.

Grand-mère Gravier releva Jacques, qui s'efforçait de ne pas faire de grimace. Elle l'emporta dans la cuisine, puis manœuvra doucement la jambe froissée.

— Tu as mal, quand je te fais ça ?

— Non, grand-mère. Enfin, un tout petit peu... Tu sais, la première fois, ça a bien marché.

— La première fois ?

Jeanne Gravier haussa les paupières en signe de stupeur et d'admiration. Elle n'eut pas le courage de corriger son petit-fils. Le soir, quand Jacques fut endormi, le grand-père fut mis au courant. Au lieu de se fâcher, il témoigna une tranquille satisfaction.

— Quel lapin ! De la vraie souche de Gravier.

— Et s'il se casse une patte, comme il a bien failli ?

— On ne devient pas un homme en restant dans les jupes des bonnes femmes. Il suffira de veiller au grain, c'est bien le cas de le dire.

Une lettre apportée par le messager apprit aux parents Gravier que tout allait à peu près bien à Chantemerle. Le dimanche qui suivit cette bonne nouvelle, un petit scandale survint à la messe, où les Gravier avaient emmené leur petit-fils pour la première fois. Dès le début de l'office, l'enfant courut vers l'autel en criant :

— Monsieur curé, pourquoi tu as mis ta robe blanche ?

Le curé Pierson fut quelque peu interloqué. Jacques Gravier, rouge de colère et de honte, emmena le trublion hors de l'église; mais il n'eut pas le courage de le fesser. Il exigea simplement que Jacques vînt demander pardon au prêtre, après la messe. L'enfant prononça le mot les dents serrées, regardant en dessous le curé Pierson, qui voulut bien se montrer indulgent. Il releva le menton de l'enfant.

— Ce n'est pas moi que tu as offensé, c'est Dieu.
— Dieu, c'est qui ?

Le prêtre fut plutôt embarrassé.

— Tu l'apprendras dans quelques années.

Jacques conclut que Dieu, dont il avait vaguement entendu parler autour de lui, était un personnage peu intéressant, et en somme peu redoutable.

Les récoltes une fois rentrées, de médiocre rendement, Jacques Gravier décida, pour soulager la grand-mère, d'emmener son petit-fils sur les alpages de l'Envers, où paissaient vaches et moutons jusqu'à l'automne. Avant le départ, on fit confectionner à l'enfant, par une couturière du Monêtier, une sorte de petit habit en gros drap bleu. Le garçon cria de plaisir quand on lui ajusta la culotte et la veste. Il se voyait désormais l'égal de son frère Joseph. Il aurait volontiers gardé ses vêtements neufs pour dormir. Le lendemain, de bonne heure, le fermier et son petit-fils, coiffés de bonnets de laine gris et blanc, se hissèrent sur le mulet Bonne-Tête. Dans les sacoches fixées à la selle, grand-mère Jeanne avait mis une grosse miche de pain frais, du jambon, des œufs, un fromage sec. De quoi se nourrir trois jours, avec en complément le lait des vaches qu'on trouverait là-haut. Sur l'arrière de la selle furent roulées deux capes de laine brune. Au bout de cent mètres, Jacques Gravier se retourna pour examiner les nuages qui montaient à l'ouest comme des bourrelets violacés. Dès qu'on eut franchi la Guisane, l'enfant fut envahi par un calme étrange. Le sentier caillouteux s'élevait progressivement à travers les mélèzes. De leurs branches immobiles irradiait une puissante odeur de résine. On franchit plusieurs fois un petit torrent presque à sec.

— On l'appelle le Tabuc.

Le petit Jacques ne percevait plus les limites de son corps, relié au soleil déjà brûlant, aux étendues vertes et jaunes, aux parfums de lavande et de thym. Soudain, à travers une éclaircie de feuillage, toute la vallée apparut. La Guisane n'était plus qu'un ruban brillant comme du métal, qui semblait se tordre sur lui-même, faire des nœuds et des boucles. La poitrine de l'enfant se gonfla, puis laissa échapper un long soupir.

— Là-bas, c'est Le Monêtier. On aperçoit l'église, le gros tilleul, et le toit de notre ferme. C'est beau, hein ?

— Oui, grand-père. J'ai faim.

Le petit Jacques voulut descendre du mulet.

— On n'a pas le temps. Tiens, attrape ce bout de pain avec du jambon. En route, Bonne-Tête, avant que l'orage crève sur nous.

Le plaisir de manger empêcha l'enfant de voir que les nuées gris et jaunâtre atteignaient la pente. Un premier roulement emplit la vallée, interminable, un vrai torrent de bruit qui dévalait, faiblissait, rebondissait d'une manière imprévue. Soudain il n'y eut plus de soleil. Une vapeur sombre occupait tout l'espace entre l'Envers et l'Adret. Les branches des mélèzes furent traversées par un vent sifflant. De grosses gouttes se mirent à tomber. Jacques Gravier descendit du mulet, donna une cape à son petit-fils, revêtit l'autre. Une barre de feu se ramifia devant eux, accompagnée d'un craquement terrible, à croire que le ciel se déchirait de haut en bas. Bonne-Tête s'arrêta, les oreilles couchées, les flancs frémissants. Le fermier lui caressa la tête entre les yeux.

— Allons, mon vieux, ce n'est pas le premier orage que nous affrontons, tous les deux. Du moment que nous n'avons sur nous rien de métallique, à part mon couteau...

— Pourquoi, grand-père ?

— Parce que l'électricité n'aime que les objets en fer ou en cuivre. Nous, nous ne risquons rien. Hue, Bonne-Tête !

Le mulet repartit. Rassuré par le calme de son grand-père, le petit Jacques subit avec orgueil la pluie serrée et violente, les lueurs et les fracas abrupts qui semblaient jaillir du sol même. Un dernier éclair, espèce d'immense araignée aux pattes bleuâtres, descendit jusqu'au fond de la vallée. Le tonnerre, d'abord monstrueux, s'atténua, s'éloigna, cherchant à s'insinuer entre les pentes qui commençaient à se dégager des nuages aux plis verticaux. Du côté de Briançon se forma une zone orangée. Quelques minutes plus tard, les premières plaques de ciel bleu apparurent au-dessus des voyageurs.

Sur le plateau des alpages, il n'y avait que des vaches qui ruminaient placidement, le corps entouré d'une buée légère qui les faisait paraître énormes. Jacques Gravier montra à son petit-fils une maison rustique.

— Mon chalet. Il y en a quatre autres appartenant aux fermiers du Monêtier. L'ensemble s'appelle les Grangettes. On va se sécher. Les moutons ont été mis à l'abri par les bergers. Tiens, les voilà qui ressortent.

Les brebis, à pas prudents, se répandaient sur la pente où chaque herbe avait retenu des gouttes brillantes. La dernière bête portait un ruban à la patte arrière gauche.

— Elle a mis son bracelet ?

— C'est l'agnelle d'Adélaïde. L'an prochain elle aura un petit. Si c'est un mâle, on le vendra. Si c'est une femelle, on la gardera pour qu'elle fasse des petits à son tour. Quand Adélaïde aura dix-huit ans, tous ces moutons seront sa dot.

— C'est quoi, une dot ?

— Quelque chose que la jeune fille apporte à son fiancé quand elle se marie.

Les trois jours passèrent très vite pour l'enfant. Il faisait des ponts au-dessus des sources, il roulait allongé sur de petites pentes, il alimentait le feu. Les vaches et les moutons venaient manger du sel dans sa main. Grand-père Gravier apprit à Jacques à respecter les fleurs merveilleuses, bleues, jaunes, rouges, qui poussaient dans les rochers, semblables à des papillons immobiles. Il lui fit reconnaître les terriers des renards et des marmottes. Ces dernières sifflaient avant de s'y réfugier, comme pour donner l'alerte, quand les chiens les poursuivaient en aboyant. L'enfant se gava de lait frais, de fromage de brebis, de lièvres ou de lapins pris au collet à la lisière des derniers arbres.

La veille du retour, deux hommes pauvrement vêtus, munis de sacs et de bâtons, s'arrêtèrent à la bergerie. Leurs barbes très noires, leurs cheveux longs inspirèrent à Jacques une certaine frayeur. Mais grand-père Gravier engagea avec eux la conversation dans une langue incompréhensible pour l'enfant. On invita les hommes à partager la viande d'un agneau qu'on avait dû abattre parce qu'il s'était cassé une patte en sautant d'un rocher. Au milieu du repas, l'un des étrangers tira de son sac une bouteille de forme bizarre, entourée de paille. Il emplit tous les verres d'un liquide rosé, celui du petit Jacques au tiers.

— *Bono vino. Bono vino.*

Avant que son grand-père ait pu intervenir, l'enfant avait bu d'un trait le vin, délicieusement frais et piquant. Il répéta :

— *Bono vino... bono vino...*

Les hommes sourirent. Ils devinrent d'une gaieté totale quand le garçon, cinq minutes plus tard, saisit un bâton pour imiter un cavalier au galop, puis se laissa rouler le long d'un talus, enfin renversa un banc dont il voulait s'aider pour monter sur la table.

— *El bambino ubriaco.*

— *El bambino è terremoto... Terremoto...*

Le visage en feu, les gestes désordonnés, l'enfant courut autour des étrangers en criant :

— *Terremoto ! Terremoto !*

Ils lui serrèrent longuement la main, au point qu'il en eut mal.

— *Arrivederci, Terremoto.*

Les hommes barbus partis, Jacques demanda des explications. Son grand-père lui dit que c'étaient des Piémontais qui descendaient dans les vallées pour travailler au ramassage des noix et des pommes de terre. Autrefois ils pillaient les récoltes et les troupeaux des Français. Il fallait espérer qu'ils ne recommenceraient plus, sinon on les recevrait à coups de fusil.

— Pourquoi qu'ils m'ont appelé *terro... temore... terremoto* ?

— En italien, *terremoto* veut dire : tremblement de terre.

— C'est quoi, un tremblement de terre ?

— C'est quand la terre bouge et met sens dessus dessous les roches, les maisons et les bonshommes avec.

— Je suis un *terremoto* ?

— Quand tu fais le loustic, oui.

Toute la famille prit l'habitude de donner à Jacques ce nouveau nom. Seul son grand-oncle, le curé Ranson, s'en abstint. Il eût préféré un terme plus évangélique.

6

Le sixième enfant de Cécile naquit le 5 décembre 1775. C'était un fils, qui reçut le prénom de Jean-Marie. Il pesait plus de huit livres, et ressemblait beaucoup à sa mère. Celle-ci le nourrit pendant un mois sans problème, puis elle connut des ennuis avec son sein gauche, dont le bout se crevassa, s'infecta et finit par développer un abcès accompagné de fièvre. Il fallut appeler le médecin, le docteur Guillerme, qui saigna la malade et recommanda d'appliquer sur son sein des compresses imbibées d'eau-de-vie.

Pendant l'hiver parvinrent dans le Briançonnais des échos de politique générale. Des édits de Turgot supprimaient les maîtrises et les corporations. Une autre mesure abolissait la corvée, qui était remplacée par une imposition frappant les possesseurs de terres; le roi la paierait pour les terres de son domaine. Un commis de Turgot publia une brochure sur les inconvénients des droits féodaux. L'on prêtait aussi au contrôleur général l'intention de limiter le droit de chasse, de donner aux paysans l'autorisation de couper leurs foins à leur guise, au risque de détruire le gibier. Nicolas Ranson et son beau-père, dans l'ensemble, approuvèrent les mesures.

A la fin de l'hiver 1776, Cécile suggéra à son mari de se rendre au Monêtier pour voir ce que devenait leur fils. Nicolas partit le troisième dimanche de mars. Jacques, qui avait grandi et forci, fut tellement bouleversé par cette visite qu'il s'installa sur les genoux de son père, lui entoura le cou de ses bras crispés et ne cessa de l'interrompre. Quand la grosse horloge sonna quatre heures, Nicolas se leva.

— Je dois vous quitter pour aller acheter mes clous à la fabrique. Ensuite je retournerai à Chantemerle.

— Tu m'emmènes. Je veux revoir maman.

— Non, mon petit Jacques. Maman est encore fatiguée. Elle risquerait de retomber malade avec un enfant de plus à la maison.

— Je veux rentrer avec toi.

Les grands-parents Gravier se taisaient, indécis et tristes. Nicolas montra une fermeté inattendue.

— Ce n'est pas toi qui commandes. Tu n'as qu'à obéir. Sois raisonnable, et embrasse-moi.

— Non. Vilain, papa. Terremoto il t'aime plus. Vilain, vilain, vilain !

Terremoto trépignait en répétant l'adjectif. Quand

Nicolas quitta la cuisine, son fils s'accrocha à sa botte gauche. Jacques Gravier l'en détacha avec peine. Un galop de cheval s'éloigna en direction de la fabrique.

Le lendemain, quand l'enfant se leva, Jacques Gravier était déjà depuis longtemps parti avec le mulet pour faire ses semailles de printemps. Grand-mère fit déjeuner Terremoto avec un morceau de pain dur et un bol de lait. Il mangea sans appétit. Un brouillard léger voilait les pentes et même les maisons voisines. Le gros tilleul semblait une boule de coton. Bien habillé, son bonnet sur la tête, le petit Jacques sortit dans la cour. Un vide étrange régnait en lui. Sur le sol, à côté de la carriole dont les brancards montaient vers le ciel comme deux bras raidis, il remarqua une baguette de coudrier. Il la saisit et se mit à faucher les herbes bordant le jardin. Soudain, il s'immobilisa. Une poule noire, avec du rouge près du bec et au-dessus des pattes, venait de pénétrer dans la cour. L'enfant, pétrifié par la surprise, puis envahi par la colère, sentit naître en lui l'incontrôlable tentation de chasser la bête. Elle n'appartenait pas à ses grands-parents. La poule noire, à petits pas prudents séparés par de brusques saccades de la tête, se dirigeait vers un cuveau qui occupait l'angle opposé à la cuisine. Un couvercle de bois pouvait s'y ajuster. Le récipient, un demi-tonneau scié par grand-père Gravier, servait aux poules qui y buvaient, les pattes crispées sur le bord. Alors Jacques se rappela qu'une des poules, appelée la Bécasse, avait été retrouvée noyée dans le cuveau. Cette histoire poussa brusquement Terremoto à courir, baguette levée, sur la poule noire qui commençait à picorer à un mètre du cuveau. Elle eut juste le temps de tourner la tête pour y recevoir un coup terrible qui la fit chanceler. D'une main, l'enfant lui emprisonna le bec; de l'autre, sa baguette jetée, il lui saisit une patte. Puis il projeta dans le récipient la bête qui se débattait. L'eau la suffoqua. Elle se mit à agiter éperdument les ailes avec un clapotis que Jacques fut incapable de supporter. Il mit en place le couvercle et s'assit dessus. Quand tout bruit eut cessé, il s'éloigna vers le jardin où il s'amusa à construire un petit mur avec des débris de lauzes. Une heure plus tard, grand-mère Gravier, étonnée de voir ses volailles tourner sans comprendre autour de leur abreuvoir, vint ôter le couvercle qui, normalement, n'aurait pas dû être mis. La vue de la poule noire flottant, inerte, les ailes écartées, la tête dans l'eau, l'emplit de stupeur. Elle retira la bête par les pattes et appela Jacques.

— C'est toi qui as noyé cette poule ?

Terremoto sentit que seul le silence pouvait atténuer la sottise qu'il venait de commettre. Gardant la tête baissée, il guetta sa grand-mère dont le visage, d'abord sévère, reprenait très vite son air de bonté ordinaire.

— Bien sûr que ce n'est pas toi. Cette pauvre est tombée dans l'eau en buvant, comme la Bécasse. Alors tu as mis le couvercle dessus pour qu'on ne la voie pas. Tu as eu raison. C'est une histoire à nous faire arriver des histoires. Je vais cacher la poule en attendant le retour de ton grand-père. Jacques se détendit. Le ciel lui apparut d'un bleu plus intense. De gros nuages blancs montèrent derrière l'Envers. Ils avaient l'air de se gonfler les joues. Le fermier, revenu des champs, estima que la noyade de la poule était une juste punition de son audace.

— Maman, tu vas nous préparer cette voleuse, enterrer les plumes, et la mettre au pot, comme le voulait le roi Henri IV. Nous ne savons pas à qui elle est. Elle a dû venir de loin. Ce serait bête de laisser perdre cette... bête.

L'incident n'aurait pas eu de suites si, quelques semaines plus tard, Terremoto n'avait pas renouvelé son geste meurtrier. Cette fois, il noya dans le cuveau un des poussins de la dernière couvée, malgré les attaques furieuses de la mère poule.

— Pourquoi tu as noyé le poussin ?

— Paqueu... paqueu...

Le petit Jacques se mit à hoqueter, à pleurer pour de bon. Effectivement, il ne savait pas pourquoi il avait jeté le poussin dans l'eau, ni pourquoi il pleurait. Il percevait en lui, très proche et très lointaine, une tristesse indéfinissable, la même qu'il ressentait parfois en contemplant la petite place du Monêtier, déserte et silencieuse sous le ciel d'hiver.

Les Gravier ne parlèrent plus de l'affaire. Mais, la nuit venue et Jacques couché, ils discutaient de la conduite à tenir. Un peu désemparés, ils décidèrent de demander conseil au curé Pierson. Ce dernier, malgré son visage et ses principes sévères, était attentif aux enfants de tout âge.

— Il est évident que votre petit-fils souffre d'être séparé de ses parents. De plus, je crois qu'il a une énergie peu commune. Il faut l'occuper. A l'automne, vous m'enverrez Jacques avec les enfants du catéchisme. Il lui en restera toujours quelque chose. Et pourquoi ne lui apprendriez-vous pas ses lettres ? Si vous voulez, je vous prêterai des livres.

— Merci, monsieur le curé. Nous avons ce qu'il faut à la maison.

En rentrant à la ferme, Jacques Gravier conçut un projet qu'il estima génial : apprendre à lire à Terremoto dans le récit du sacre de Louis XVI. Il en parla à son épouse, qui l'approuva. Le soir même, le fermier choisit dans la *Gazette de France* du 9 juin 1775 les extraits qui lui parurent le plus capables d'intéresser un enfant : la description du cortège, le couronnement, les largesses royales faites au peuple. Jacques demandait des explications sur tous les termes dont il ignorait ce qu'ils représentaient. La lecture achevée, le fermier utilisa pour enseigner les lettres à son petit-fils l'abécédaire que Cécile avait rapporté de chez les ursulines. Les résultats n'étant pas satisfaisants, Jacques Gravier, alors, imagina de fabriquer tout un alphabet avec des brins d'osier cloués sur de vieilles planches. L'enfant s'enthousiasma d'aider son grand-père. Au début du mois suivant, il savait reconnaître à peu près tous les signes isolément. Pour le récompenser, on lui proposa de l'emmener à Chantemerle le dimanche qui suivit le 15 mai.

— Tu vas avoir quatre ans. Nous allons fêter ton anniversaire.

La garde de la ferme confiée au vieux journalier, les Gravier et leur petit-fils quittèrent Le Monêtier à l'aube. Deux heures plus tard, toute la famille était réunie, les adultes dans la cuisine, les enfants dans la cour. Jacques, tout en retrouvant avec ivresse les bancs de bois, les vaches et le cheval soufflant dans l'écurie, raconta ses exploits : la descente par le crochet à foin, le séjour dans les alpages, la poule et le poussin noyés. Madeleine écoutait, muette, tordant un coin de son tablier. Joseph, l'aîné, finit par s'asseoir ; il regarda fixement ses sabots.

— Si moi je faisais toutes ces sottises, le cousin Lombard, chez qui je travaille, me tirerait les oreilles.

— Moi, grand-père et grand-mère ne me battent jamais. Et, même, ils m'apprennent à lire.

— Dans un vrai livre ?

— Oui.

— Je parie que non. Montre-nous. Je vais chercher mon abécédaire.

Joseph courut prendre un volume à peu près semblable à celui du Monêtier. Il l'ouvrit aux dernières pages.

— Lis.

Terremoto se sentit enveloppé d'une lumière grise, comme quand le soleil se cache. Il reconnaissait les lettres, mais leur enchaînement lui était incompréhensible. Il feuilleta le livre avec impatience. Soudain il triompha.

— Voilà. Ça c'est un a, ça un e, ça un b...

Un sourire de mépris tordit les lèvres de Joseph.

— Lire les lettres toutes seules, c'est facile. Lire les phrases, c'est autre chose. Tiens, écoute.

Il se mit à détacher chaque syllabe, chaque mot avec précision. Terremoto sentait se former en lui une colère aveugle. Avant que Joseph eût fini sa page, il lui arracha le livre et le jeta parmi les cailloux.

— Méchant ! Petite vache ! Tu vas voir.

— J'ai pas peur. Terremoto il a jamais peur.

Les deux frères s'empoignèrent. Les filles crièrent et coururent prévenir les parents. Ce fut Cécile qui sépara les combattants. Après les explications de Joseph, elle appliqua sur chaque joue de Jacques un soufflet qui leur laissa une marque blanc et rouge. Il tenta de lancer un coup de pied à sa mère. Alors il se sentit soulevé de terre et reçut une fessée courte, mais énergique.

— On n'essaie pas de frapper sa maman, dit Cécile. Va dans le hangar jusqu'à ce que je t'appelle pour manger.

Pendant le repas, Jacques Gravier et son gendre parlèrent exclusivement de Turgot, déplorant qu'il eût été contraint de démissionner quelques jours auparavant. Les imbéciles, eux, avaient baptisé les nouvelles diligences « turgotines ». Pourvu que M. de Vergennes soutînt les *Insurgents* américains qui s'étaient révoltés contre la domination anglaise. On murmurait qu'ils allaient envoyer en France plusieurs ambassadeurs, dont un certain Franklin, déjà connu pour ses travaux sur le paratonnerre.

— Qu'est-ce que c'est, un paratonnerre ?

La question de Terremoto ne surprit pas son grand-père.

— Une tige de métal qui attire l'électricité des nuages.

— Alors, quand on a eu l'orage avec le mulet, ton couteau, il aurait pu attirer les éclairs. Pourtant, tu avais dit...

Cécile intervint pour signifier à son fils qu'il ne devait pas interrompre les grandes personnes.

— Mais toi, tu m'empêches bien de parler, dit l'enfant.

— Tu veux une autre gifle ?

Vexé, l'enfant fit un geste brusque qui répandit sur sa veste de la sauce de bœuf. Sa mère l'entraîna vers la planche à vaisselle pour lui ôter la tache à grande eau.

— Tu manges comme un petit cochon.

Prudent, Terremoto ne répondit rien mais, pour se venger, il refusa de manger du flan à la semoule, bien qu'il exhalât un parfum excitant. Finalement, il se sentit presque joyeux de reprendre le chemin du Monêtier.

7

L'été venu, pour le petit Jacques il ne fut plus question d'apprendre à lire. Comme aux autres paysans, les récoltes imposèrent aux Gravier de longues et pénibles journées de travail. Avec le vieux journalier, ils coupèrent d'abord à la faucille, dans de petites parcelles souvent très pentues, le foin qu'ils entassaient dans de grandes poches de toile. Ils les descendaient comme des ballots de contrebandier, se retenant sur les talons, le dos cassé, jusqu'aux endroits plus accessibles où les attendait Bonne-Tête. Le mulet acceptait placidement sa charge, qu'il emportait à la ferme d'un pas sûr et régulier. Les foins coupés et rentrés, tout le monde resta à la ferme, car les céréales étaient loin d'être mûres. Terremoto s'ennuya. Un dimanche après-midi de juillet, il fila en direction de la Guisane. Des garçons jouaient à la balle dans une ruelle. L'un d'eux l'invita. Il s'appelait Jean-Pierre Trial. Il était maigre et vif. Un bonnet de laine bleue mettait en valeur ses cheveux pâles, son visage taché de petites plaques jaunes. C'était l'un des huit enfants de l'aubergiste, dont la maison était bâtie sur la route du Lautaret. De ce jour, il devint le compagnon préféré de Jacques. Ses grands-parents n'acceptèrent pas cette amitié sans réticence. Les aubergistes n'avaient pas une réputation excellente. Il fut convenu que Terremoto ne descendrait pas à la Guisane et ne pénétrerait pas dans l'auberge. Il promit tout ce que l'on voulut. Cependant Jean-Pierre Trial, un matin où le soleil emplissait la vallée de sa lumière cuivrée, entraîna Jacques vers la rivière.

— Mes grands-parents m'ont défendu...
— Viens. Tu t'arrêteras à trois pas du bord.

Les pieds nus, Jean-Pierre s'avança au milieu du courant, en sautant d'une roche à l'autre, jusqu'à une large pierre plate devant laquelle l'eau, après avoir tournoyé, formait une sorte de réservoir plus calme, de couleur laiteuse. Le garçon saisit une grosse ficelle dont une extrémité était enroulée autour d'un rocher pointu, et dont l'autre plongeait dans la Guisane. Il se mit à tirer doucement, sans à-coup. Bientôt émergea une longue cage à peu près cylindrique. Jacques, les yeux fixes, tout le corps en éveil, regardait. Qu'est-ce qui pouvait bien bondir et se débattre à l'intérieur des brins d'osier ? Il s'en échappait maintenant des filets d'eau qui, dans le soleil, devenaient semblables à des éclairs brisés. Jean-Pierre sauta sur la rive et ouvrit une petite porte. Deux poissons tombèrent sur l'herbe. Leur dos noir, leur ventre argenté étaient semés de petits points rouge sang.

— Deux truites. Une livre et deux livres à peu près, la journée commence bien. Tiens-les solidement. Je retourne tendre la nasse.

Le contact des poissons à la fois surprit et transporta Terremoto. Le pêcheur les dissimula entre peau et chemise. Au centre du bourg, dans une encoignure, il tendit à son camarade la plus petite des prises.

— Tu demanderas à ta grand-mère de te la faire cuire sur la braise bien rouge. L'autre, je la porterai au curé Pierson.

Le lendemain du jour où la moisson, plutôt médiocre, fut achevée, le fils Trial emmena son camarade jusqu'à l'auberge. Devant la porte cintrée attendait une mule à peine plus haute qu'une chèvre, de couleur marron foncé. A l'approche des enfants, elle abaissa et releva plusieurs fois ses oreilles.

— C'est Vendetta, la mule de Mandrinot, le contrebandier.

— Le contrebandier ?

— Oui, un marchand qui va en Savoie et dans le Piémont pour chercher des marchandises qu'il revend en France moins cher que les autres.

— Pourquoi on appelle sa mule Vendetta ?

— En italien, *vendetta* veut dire : vengeance. La bête a été appelée comme ça depuis qu'elle a été prise par les douaniers avec son maître. A lui ils ont flanqué une amende, et à elle une raclée dont elle a gardé le souvenir. Si bien qu'elle sent les douaniers à une demi-lieue de distance, se met à trépigner et prévient ainsi son maître, qui peut cacher à temps sa marchandise. Caresse-la. Tu n'es pas douanier, toi.

Terremoto promena sa main droite sur le pelage de la mule. Il était aussi chaud, mais plus soyeux que celui de Bonne-Tête.

Le soir, Jacques raconta à ses grands-parents l'histoire de Vendetta; puis, comme ils avaient déclaré la connaître, il affirma, en tapant du pied comme une mule, qu'il serait contrebandier. Cette fois, Jacques Gravier se fâcha. L'évocation de son fils aîné, qui était officiellement colporteur et sans doute aussi contrebandier, la visite de son petit-fils à l'auberge le poussèrent à interdire toute escapade dans le bourg avec un garçon aussi peu recommandable que le fils Trial. Du reste, lui-même et Terremoto partirent bientôt pour les alpages. Là-haut, Jacques Gravier dut expliquer à son filleul l'histoire de Mandrin : un contrebandier qui avait cinquante hommes sous ses ordres, d'abord sympathique, puis cruel. Il avait fini par être brûlé vif à Valence en 1755. La vocation de l'enfant en fut relativement ébranlée.

A l'automne, les leçons de catéchisme permirent à Terremoto de se faire un nouvel ami : Honoré, le fils de maître Martinon, notaire, consul du Monêtier. Le notable et Jacques Gravier entretenaient des relations d'estime et de parenté politique. Honoré passait pour le meilleur élève du curé Pierson, bien qu'il n'eût que huit ans. Ses connaissances et sa gentillesse conquirent Terremoto. Ce dernier, malheureusement, attrapa une grosse bronchite dans la sacristie glacée. Sa grand-mère le soigna avec des pierres brûlantes posées contre ses flancs et sur sa poitrine, des tisanes de thym et de lavande, et en lui faisant absorber des bols de lait chaud légèrement additionné d'eau-de-vie. Quand il fut guéri, les premières tempêtes se levèrent. L'épaisseur de la neige devint telle que les portes et les fenêtres étaient bloquées à mi-hauteur. Il fallait creuser des sortes de tranchées pour pouvoir circuler dans le bourg. Jacques Gravier profita des veillées pour reprendre les leçons de lecture avec son petit-fils. Terremoto avait oublié en partie ses lettres; mais des répétitions journalières les lui remirent facilement en mémoire. Vers le début de décembre, il commença à pouvoir assembler les syllabes, puis à reconnaître certains mots dans les textes qui racontaient le fameux sacre de Louis XVI. Grand-père était sans cesse prié de relire les descriptions des costumes et des cérémonies. Dans l'imagination de l'enfant s'établit un lien de plus en plus profond entre Dieu et le roi.

Un jour, le piéton* apporta de Chantemerle une lettre annonçant que Cécile Ranson attendait un septième enfant, qui arriverait au milieu de l'été. Jacques médita longuement : comment pouvait-on savoir la date à l'avance ? Le petit Jésus, lui, c'était bien connu, naissait tous les ans à Noël. Drôle d'idée que de venir sur terre en pleine neige.

* Anciennement facteur rural.

Était-ce toujours le même ? Y avait-il autant de Jésus que de villages ? La lecture de l'*Imitation,* faite de temps en temps à haute voix par grand-père Gravier, ne fournissait aucun renseignement satisfaisant. Terremoto finit par soupçonner qu'on lui cachait une partie de la vérité. Aussi prit-il la décision de s'appliquer à bien connaître ses lettres, ses syllabes et ses mots. Quand il saurait lire, il pourrait trouver dans les livres l'explication des mystères dont il se sentait enveloppé. Ses progrès en lecture furent étonnants. Pour récompenser son petit-fils, Jacques Gravier lui promit de l'emmener avec lui à la foire de contrat, qui se tenait à Briançon le premier lundi de mai. Il voulait acquérir une génisse et une chèvre. Son épouse avait réussi à économiser les trois cents livres nécessaires à cet achat.

Terremoto et son grand-père, montés sur Bonne-Tête, parvinrent en une heure et demie à Chantemerle, où ils s'arrêtèrent le temps d'embrasser la famille. Cécile Ranson avait beaucoup grossi. Le petit Jacques trouva sa mère laide et triste. Joseph travaillait dur chez le cousin Lombard, dont on annonça les fiançailles avec une jeune fille de Saint-Chaffrey, une brune solide et rieuse, nommée Joséphine. Terremoto tenta sans succès d'entraîner ses sœurs et son frère Jean-Marie à jouer avec lui. Il reprit la route de Briançon assez déçu. La ville lui apparut gigantesque. Elle était entourée de murailles qui s'enfonçaient dans le ciel. De part et d'autre de la butte que coiffaient les maisons et les monuments, d'immenses constructions surplombaient des roches abruptes.

— Ce sont les casernes.

— Les quoi ?

— Des maisons pour les soldats. Nous allons entrer par la porte de Pignerol.

Le mulet, après avoir gravi une longue rampe, franchit un pont sur un fossé, puis une haute porte encadrée de blocs blanc-rose et surmontée d'un fronton triangulaire. Les voyageurs arrivèrent en bas d'une rue très pentue au milieu de laquelle dévalait un petit ruisseau.

— La Grande Gargouille. Le magasin de ton père n'est pas loin.

De chaque côté de la rue s'alignaient des boutiques diverses, toutes ornées d'une enseigne. Des gens et des bêtes de somme circulaient lentement parmi les appels. La quincaillerie Ranson était située à mi-pente. Nicolas était en train de reconduire un client chargé d'outils et d'ustensiles.

— Papa ! Mon papa !

Nicolas souleva son fils pour l'embrasser longuement. Puis il le laissa visiter le magasin tandis qu'il entreprenait avec son beau-père la traditionnelle discussion politique. Tôt ou tard, la guerre éclaterait entre la France et l'Angleterre. La marine française, renforcée par M. de Sartine, pouvait maintenant rivaliser avec la flotte de ces pillards d'Anglais. Un ingénieur nommé de Gaulle avait reçu les félicitations du ministre pour avoir mis au point un instrument de mesure marine perfectionné. La discussion terminée, Jacques Gravier ne passa qu'une petite heure à la foire. Il en revint avec une génisse savoyarde, jaune et blanc, et

une chèvre au poil gris taché de noir. Elles furent attachées à l'anneau qui servait déjà pour Bonne-Tête.

— Terremoto, je t'emmène visiter la collégiale. Puis nous repartirons.

Tous deux montèrent jusqu'à une haute bâtisse qui avait l'air d'un château fort. Les cloches se mirent à sonner, lentes, lourdes, porteuses d'une puissance qui impressionna le petit Jacques. La vaste nef était un peu sombre. Au fond, un grand autel supportait des cierges dont deux seulement étaient allumés. Des peintures occupaient les intervalles qui séparaient les vitraux. Les costumes des personnages semblèrent très étranges à l'enfant, qui voulut demander des explications. Son grand-père l'en empêcha. Dehors, il lui déclara que, dans les églises, on ne devait ouvrir la bouche que pour prier ou chanter les louanges du Seigneur.

— C'est quoi, les louanges ?
— Des remerciements que l'on offre à Dieu.
— Pourquoi ?
— Parce qu'il est bon.
— C'est pour ça qu'on l'appelle le bon Dieu ?
— Voilà.

Le retour fut pour Terremoto un enchantement. Il obtint le privilège de prendre les brides du mulet, qui semblait avancer dans une coulée bleu clair. Jacques Gravier lui demanda seulement de ne pas talonner la bête, pour que la génisse et la chèvre puissent suivre sans fatigue.

8

En dix-huit mois, la famille Ranson augmenta de deux nouvelles filles, Agathe et Marie-Cécile. Les accouchements se passèrent bien, mais, à chaque fois, Cécile se remettait avec plus de difficulté. Il ne fut pas question de faire revenir Terremoto chez ses parents. D'ailleurs il ne le demandait plus. La vie au Monêtier le comblait. Admis régulièrement au catéchisme, il y avait retrouvé Honoré Martinon, qui lui en imposait par son sérieux, mais aussi Jean-Pierre Trial, qu'on lui permit de fréquenter, à condition que leur conduite fût correcte.

— Je pourrai pêcher la truite avec lui ?

— Oui, si tu ne t'aventures pas dans la Guisane, qui est dangereuse, même en été.

Terremoto aurait tenu ses promesses si son orgueil ne l'avait pas poussé à concevoir des projets qu'il se croyait tenu d'exécuter pour ne pas paraître lâche. Un jour Jean-Pierre Trial découvrit, dans une petite pièce attenante à l'église, quelques ossements abandonnés. Jacques imagina aussitôt de les attacher à la corde de la cloche. Il utilisa une ficelle trouvée dans les parages de la filature. L'opération fut terminée un peu avant l'angélus du soir. A peine la bonne du curé Pierson eut-elle tiré sur la corde qu'elle reçut sur le crâne un humérus et un tibia qui manquèrent de la rendre folle. Elle s'enfuit vers la cure en criant :

— Monsieur le curé ! tous les démons de l'enfer sont rassemblés dans le clocher. Il vient de m'en tomber un ou deux sur la tête.

Dans l'ombre du chœur, le petit Ranson étouffait de rire. La bande de Trial le félicita; mais Honoré Martinon le traita de sacrilège. Sa gloriole en fut peu affectée. Le curé Pierson comprit sans peine que les démons ne sortaient pas de l'enfer. Il fit son enquête, découvrit le coupable, auquel il imposa, en manière de pénitence, de nettoyer la sacristie une fois par semaine. Jacques Gravier remercia le prêtre de sa fermeté, mais, par son attitude, il témoigna que l'exploit de son petit-fils ne lui déplaisait pas complètement. Terremoto en profita pour se montrer de plus en plus auda- cieux. Comme l'un de ses camarades avait pré- tendu que des âmes de feu dansaient la nuit entre les tombes, il paria qu'il irait les voir de près. Son espoir secret était qu'il ne verrait rien. Mais, ayant réussi, un soir de printemps, à se glisser dans le cimetière, Jacques fut soudain envahi d'une terreur qui le rendit incapable de crier ou de fuir. Quelques flammes, semblables à celles des chandelles, mais plus grandes, se déplaçaient d'une tombe à l'autre. Comment pouvaient-elles brûler ? Par chance elles disparurent rapidement, comme absorbées par l'ombre. Terremoto retrouva son souffle. Si c'étaient des âmes de morts, elles n'étaient pas méchantes. Il quitta le cimetière sans se presser. Dehors l'attendaient ses camarades.

— Alors, tu les as vues ?

— Naturellement. Il y en avait quatre.

— Tu n'as pas eu peur ?

— C'est elles qui ont eu peur. Quand elles m'ont vu, elles se sont enfuies.

Jacques Gravier apprit ce coup d'audace. Au lieu de gronder son petit-fils pour s'être échappé la nuit, il lui expliqua en souriant que les âmes des morts ne prenaient pas cette forme. Les flammes venaient des corps en décomposition qui produisaient du phosphore.

L'enfant éprouva une certaine déception de ne pas avoir eu affaire à de vraies âmes défuntes. Il garda pour lui l'explication de son grand-père, afin de maintenir son prestige.

L'hiver suivant fut tempétueux. A la fin de février, la vallée de la Guisane subit des bourrasques et des chutes de neige comme on n'en avait pas vu depuis longtemps. Une femme du village s'y trouva ensevelie. Les ruisseaux, bloqués, n'actionnaient plus les moulins. On faillit manquer de farine. La corvée put à peine déblayer les chemins, les jalons qui les délimitaient ayant disparu. Il fut pratiquement impossible de circuler pendant plusieurs semaines.

L'été de 1780 ménagea à Terremoto des plaisirs exceptionnels. Il ne savait pas qu'ils seraient les derniers de son enfance. Jean-Pierre Trial eut la chance d'attraper dans sa nasse de nombreuses truites, dont certaines atteignaient trois et quatre livres. Mais surtout, il fut engagé comme berger d'appoint là-haut, aux Grangettes. Jacques le retrouva avec enthousiasme pendant une semaine. Du matin au soir se multipliaient les jeux et les escapades. La veille de la descente, à l'aube, Jean-Pierre montra à son camarade un oiseau qui planait en cercles, très haut dans le ciel couleur lavande.

— Un aigle. Je parie qu'il est en train de repérer un renard. Viens.

Non loin de la bergerie, ils s'installèrent sur un éperon d'où ils pouvaient surveiller la région des terriers. Bientôt ils distinguèrent une petite masse brune qui avançait par bonds à travers les roches plates, cependant que se rapprochait l'aigle qui tentait de « fasciner » sa proie. Soudain ce dernier se laissa tomber comme une pierre. Des glapissements déchirèrent le ciel lumineux. Une farouche bataille s'engagea. L'aigle, battant sans cesse des ailes, fonçait sur sa proie, s'élevait de quelques mètres, attaquait de nouveau. Le renard se défendit pendant un temps qui sembla très long aux deux enfants. Enfin l'oiseau se fixa sur le sol. Il donnait de violents coups de bec dans le cadavre du renard, qu'il enleva d'un vol puissant, telle une guenille.

On célébra le mariage d'Antoine Lombard au début de décembre. Sa fiancée, Joséphine Bourdan, appartenait à une famille de tanneurs. Comme Cécile, elle avait été formée par les ursulines. Sa gaieté, son regard direct, son énergie séduisirent toute la famille. Terremoto fut tout de suite amoureux d'elle. Le repas de mariage eut lieu dans la maison des Lombard. Après les sucreries du dessert, des hommes, soutenus par un violon, chantèrent de vieux airs populaires. Puis une nièce de la mariée obtint un grand succès avec *Malbrough s'en-va-t-en-guerre* et *le Roi Dagobert,* deux chansons qui commençaient à se répandre en France. Jacques Gravier suggéra que le roi Dagobert, c'était Louis XVI et saint Éloi, son ministre Necker. Pendant la discussion, Terremoto voulait absolument ôter sa culotte. Pour l'en détourner, Joseph, demeuré très puritain, fit visiter à son frère la ferme des Lombard. Après les chambres bien éclairées, l'aîné montra à Jacques une petite porte de fer menant au fenil.

— Pourquoi elle n'est pas en bois ?

— Pour arrêter le feu. Tiens, regarde une chose que tu n'as jamais vue.

Joseph tira un rideau de grosse toile qui, au fond du corridor, dissimulait une espèce de caisse. Il en souleva le couvercle. Un trou parfaitement circulaire était ménagé au centre d'une planche bien rabotée.

— Ça s'appelle une tinette. Elle sert à faire ses besoins, directement sur le fumier de l'étable.

Jacques demeura songeur. Chez ses parents, et au Monêtier, tout le monde faisait dans un seau quand il gelait trop fort, et dans un cabinet extérieur à la belle saison. Il insista pour essayer la tinette. L'invention lui parut merveilleuse. A ce moment, un remue-ménage coupé d'exclamations parvint du rez-de-chaussée. Les deux garçons descendirent l'escalier, où ils croisèrent Antoine Lombard qui montait en courant.

— Votre mère se trouve mal. Je vais lui chercher un matelas.

Cécile, affaissée sur une chaise, laissait pendre ses bras le long de sa jupe violette. Sa tête s'inclinait sur sa poitrine. Ses paupières gonflées se confondaient avec ses joues d'une pâleur cireuse. Terremoto la regarda, stupide, prêt à pleurer. Quand sa mère fut étendue sur le matelas, devant la cheminée où les flammes dansaient follement, elle respira à fond, ouvrit les yeux, et sourit. Le sang revint à son visage.

— C'est bête. J'ai ressenti comme un grand vide. Ce doit être le repas qui n'a pas bien passé. Je me sens mieux. Je vais me lever.

— Rien ne presse, ma chère Cécile. Ne force pas.

Nicolas soutint sa femme qui s'était assise sur le matelas. Tous deux se regardèrent avec amour.

En dépit de l'inquiétude générale, Cécile Ranson accoucha le 5 mars 1781, sans difficulté notoire, d'un fils de neuf livres qui fut appelé Paul-Antoine.

Mais l'allaitement posa bientôt des problèmes redoutables. Le nourrisson témoignait d'une voracité au moins égale à celle de Jacques. Malgré la sollicitude de Nicolas et l'activité de la servante, malgré une nourriture que l'aide des Lombard et des Gravier rendait substantielle, la maman se remettait mal. Grand-mère Gravier, prévenue par le piéton, vint s'installer à Chantemerle auprès de sa fille. Le fermier resta seul avec Terremoto. Il travaillait dans une sorte de brouillard. Il vivait au ralenti, dans l'attente d'une lettre ou d'un message verbal. La démission de Necker, la naissance du dauphin lui semblèrent des événements dérisoires. Le petit Jacques surveillait avec anxiété le visage de son grand-père, où ne se dessinait plus aucun sourire. Un après-midi de mai, une voisine qui était passée par Chantemerle apporta un court billet de Jeanne Gravier. « Je voudrais que vous veniez tout de suite. Cécile n'est pas bien. Elle a une grosse fièvre de lait. » Le fermier et son petit-fils partirent à cheval.

Dans la chambre du premier étage, où l'on avait allumé du feu, Cécile délirait. Ses cheveux en désordre retombaient sur son visage couleur de brique. Sa tête allait de droite et de gauche sur l'oreiller. Elle gémissait.

Jeanne Gravier, très pâle, tentait de calmer sa fille. Elle murmura, sans tourner la tête : « La servante a emmené les plus petits chez les cousins Lombard. La femme d'Antoine va s'occuper du poupon. Nous attendons le médecin, que Nicolas est allé chercher. Tu devrais redescendre avec Terremoto. Ce spectacle n'est pas bon pour lui. »

L'enfant concentrait ses regards sur les flammes qui déchiraient la cheminée sombre. Il suivit le fermier sans se retourner. Au crépuscule, le docteur arriva sur son propre cheval, suivi de Nicolas. Le front brûlant de la malade, son pouls rapide le rendirent grave. Il ouvrit sa trousse.

— Madame Gravier, préparez-moi une cuvette et un linge propre.

Deux saignées successives restèrent sans effet. Des enveloppements mouillés firent un peu décroître la fièvre, mais l'accalmie ne dura pas. Juste avant minuit, le praticien rangea ses instruments. Il murmura :

— J'ai fait ce que j'ai pu. Le reste appartient à Dieu. Il faudrait peut-être appeler le prêtre.

Il quitta rapidement la chambre, la gorge serrée, luttant contre son impuissance et sa pitié. Que faire pour combattre ces terribles fièvres infectieuses ? Le curé Ranson, prévenu par la servante, administra les derniers sacrements à la moribonde sans qu'elle eût repris connaissance. Une heure avant l'aube, Cécile cessa de respirer. Au rez-de-chaussée, puis dans l'escalier naquirent des bruits de sabots que l'on voulait étouffer. Tous les enfants, tous les hommes, et toutes les femmes se rangèrent dans le fond de la chambre. Grand-père Gravier tomba à genoux. Soudain Terremoto se jeta sur le lit en criant :

— Maman ! maman !

Sa tête roulait sur le drap à l'endroit où il recouvrait la poitrine de Cécile. Le curé souleva l'enfant le plus doucement qu'il put.

— Allons, mon petit, viens avec moi. Ta maman

est au ciel. Elle est heureuse.

Tout en suivant son grand-oncle dans une autre pièce, où l'aurore diffusait des lueurs mauves et vertes, Jacques se rappela avoir entendu la même phrase quand grand-mère Ranson était morte. Une mélancolie immatérielle l'enveloppa, le pénétra, l'apaisa. L'enfant sentit vaguement qu'il avait deux mères : celle qui était dans son lit, sereine, rajeunie, et une autre, probablement plus belle, inaccessible à la colère et à la maladie, de la même race que les Vierges dont il avait vu les statues dans toutes les églises qu'il connaissait.

9

Pendant l'automne de 1781, Terremoto se lia définitivement avec Honoré Martinon. Ce dernier, par de multiples allusions, confirma sa vocation d'être prêtre. Jacques l'écoutait avec admiration.

— C'est difficile ?

— Il faut savoir le latin.

— Tu le sais, toi ?

— J'en apprends un peu avec le curé Pierson. Parce que je suis enfant de chœur. J'apprendrai vraiment le latin au collège.

Terremoto finit par éprouver un violent désir d'imiter ou même de dépasser son camarade. Il supplia son grand-père de le faire entrer chez les enfants de chœur. Sollicité, le prêtre accepta volontiers un garçon, même turbulent, dont la famille, dans le Briançonnais et le Queyras, comptait de nombreux ecclésiastiques. Tout de suite, le petit surplis et la calotte, le rythme des psalmodies, l'odeur de l'encens créèrent chez Jacques une émotion, une gravité diffuses qui se prolongeaient durablement. Le curé lui enseigna les premiers éléments du latin, langue sonore et chantante, qu'il n'eut aucun mal à assimiler. Ses grands-parents constatèrent avec satisfaction qu'il lisait de mieux en mieux, qu'il était capable de traduire en français certains fragments de liturgie. Maintenant, à chaque veillée, Jacques ouvrait d'autorité l'*Imitation de Jésus-Christ* pour en faire la lecture aux gens enfoncés dans la tiédeur que répandaient les bêtes soufflant et martelant le sol de l'écurie. Aussi ne fut-on que tout juste étonné le soir où Terremoto, après avoir fermé le livre, déclara qu'il voulait être prêtre, comme Honoré Martinon. Sa grand-mère joignit les mains. Le fermier toussa à plusieurs reprises.

— Si c'est ton idée, pourquoi pas ? Il faudrait seulement que les hauts dignitaires de l'Église augmentent la portion congrue.

— C'est quoi, la portion congrue ?

— Une somme d'argent que l'évêque redonne au curé.

— Moi, je demanderai toute la portion.

Au mois de décembre, Jacques Gravier travailla à remplacer les roues de sa carriole par deux planches étroites et longues, dont l'extrémité avant se relevait comme une pointe de sabot. Ce système permettrait à la voiture de glisser sur la neige durcie, au cas où un déplacement serait nécessaire. Effectivement, la veille de Noël, Joséphine Lombard mit au monde un superbe garçon qui reçut le nom de Guillaume. Toutes les familles se réunirent à Chantemerle, malgré le froid vif et l'épaisseur de la neige. On profiterait du baptême pour célébrer, autant que la Nativité, le souvenir de Cécile. Le dispositif adapté à sa carriole par Jacques Gravier suscita une admiration silencieuse. Ce fut le curé Joseph Ranson qui baptisa le nouveau-né dans l'église glaciale. Il demanda au petit Jacques de l'assister. Ce dernier fut impressionné par la ferveur du prêtre. Au repas de Noël, Jeanne Gravier ne put s'empêcher de révéler que son petit-fils avait l'intention de devenir prêtre. Tout le monde félicita le futur ecclésiastique. Son père l'embrassa sans pouvoir contenir quelques larmes.

— Si ta mère était encore là, elle serait si heureuse. Mais, de là-haut, elle te voit, elle se réjouit.

— Je l'avais bien prédit. Rappelez-vous, quand j'ai baptisé Jacques, ses grands yeux ouverts qui fixaient la lumière du cierge. Si la vocation du petit se précise, il faudra l'envoyer à mon frère Jean Ranson, qui est curé à Aiguilles. Un homme de discipline, un grand mystique.

Les propos de son grand-oncle emplirent Terremoto d'orgueil. Il sourit dignement. Quand il serait prêtre, il prendrait la belle Françoise comme gouvernante. Une fois évêque, il choisirait pour secrétaire son camarade Honoré Martinon.

Pendant le retour au Monêtier, grand-mère Jeanne pleura sans arrêt dans l'ombre de la capote qui protégeait les voyageurs. Cette voiture glissant sur la neige glacée, où la lune déplaçait des taches étincelantes, il lui semblait qu'elle l'emportait loin, toujours plus loin de sa fille prisonnière de la terre raidie. Jacques et son grand-père se taisaient. Après la Salle, un choc fut suivi d'un dérapage si brutal que le fermier dut arrêter l'équipage. L'un des patins de bois s'était brisé. Il fallut près de deux heures pour le rafistoler.

Malgré sa cape de laine et une épaisse couverture jetée sur ses épaules, Jacques Gravier fut saisi par le froid très vif qui emplissait la vallée. Une semaine plus tard il dut s'aliter. La fièvre monta. Le fermier ne toussait pas, mais il respirait péniblement, avec un bruit de soufflet. Ni les décoctions d'hysope, ni les infusions de mauve, ni les crèmes d'orge ou d'avoine n'eurent d'effet. Appelé, le médecin de l'hôpital diagnostiqua une pneumonie infectieuse, dont l'épidémie ravageait alors le Briançonnais. Il fit transporter le malade dans son établissement, où il lutta près de trois semaines contre l'étouffement. Un matin, Jacques Gravier se mit à tousser, à cracher, à libérer ses poumons. Bientôt il put regagner sa ferme où sa femme, aidée par Terremoto, le soigna avec une sollicitude qui ravivait le visage amaigri du convalescent. La fermière tint encore quelque temps; mais l'excès des soucis dépassa ses forces. Elle fut à son tour atteinte par le mal. Dans ses moments de lucidité, elle refusait de quitter la maison, car l'hôpital, disait-elle, la ferait mourir plus vite. En fait, elle se laissait glisser. Son agonie survint au bout de quinze jours. Jeanne Gravier expira le 5 mars 1782, après avoir râlé toute une nuit. Ses obsèques frappèrent considérablement le petit Jacques. Il s'obstina à tenir son rôle d'enfant de chœur. Dans leurs robes noires, les pénitents semblaient des oiseaux fantastiques, posés là par fatigue ou pour accomplir une mission mystérieuse. Le *De profundis* se dilua dans la lumière pure et froide. Soudain Terremoto eut l'intuition que c'était lui qui dirigeait la cérémonie. Son chagrin se dissipa dans une inspiration profonde.

La mort de Jeanne Gravier modifia brutalement la vie de son petit-fils. S'il n'avait tenu qu'au fermier, il aurait gardé l'enfant avec lui. Mais, au conseil de famille qui, la veille de Pâques, réunit tout le monde, Joséphine Lombard prit la parole.

— Moi, je vois la situation comme je vais le dire. Terremoto ne peut ni rester avec son grand-père, ni venir chez nous, puisque nous avons déjà Joseph et mon petit Guillaume. Le mieux serait de placer notre cousin en apprentissage. Pourquoi pas, par exemple, à la taillerie de cristal de roche, à Briançon ?

A ce moment, Jacques, qui rêvait à la fête du lendemain, mais qui suivait tout ce qui se disait, intervint avec conviction.

— Moi, je ne veux pas apprendre à tailler le cristal de roche. Je veux être prêtre, comme Honoré Martinon. C'est un beau métier.

Malgré la gravité générale, quelques sourires apparurent. Le curé Ranson défripa sa soutane à petits coups méticuleux.

— Voilà peut-être la vraie solution. Cet enfant a déclaré à plusieurs reprises qu'il souhaitait être prêtre. Pourquoi ne pas croire à sa vocation ?

Pourquoi ne pas lui donner sa chance ? Nous pourrions le confier à mon frère Jean, curé à Aiguilles en Queyras. Si vous êtes d'accord, je lui écris aujourd'hui même.

Jacques se mit à gambader dans la cuisine en battant des mains. Ce projet l'enchantait, comme chaque nouveau départ. Le lendemain, jour de Pâques, il se rendit à l'église en portant un rameau d'amandier fleuri où étaient fixés un œuf teint en bleu et deux gâteaux dorés. La cloche projetait des vibrations qui se confondaient avec l'air immobile. Une émotion indéfinissable submergea l'enfant. Après la messe, il mangea les friandises, mais il alla déposer la branche d'amandier sur la tombe de sa mère.

Au début de mai 1782, Terremoto, hissé sur Bonne-Tête, que Jacques Gravier avait prêté à son gendre, gagna Briançon, puis Aiguilles, par des routes encore enneigées. Dans son bagage on avait mis une tourte de six livres, dure, encore odorante, de la farine de seigle, un petit sac de riz. Quand il franchit le col des Ayes, l'enfant éprouva l'impression que les pentes éblouissantes lui faisaient une sorte de haie triomphale. Il se jura d'apprendre parfaitement le latin. Il ne s'agissait pas de se laisser distancer par Honoré Martinon. A dix ans, il était temps...

10

Le bourg d'Aiguilles était bâti sur une pente abrupte dominant le confluent du Guil, du Lombard et du Pénin. Les premiers jours que Terremoto passa auprès de son oncle ne furent pas désagréables. L'été approchait, chaud et sec. Jacques découvrit avec excitation son nouveau territoire. Les maisons, moins élevées qu'à Chantemerle, possédaient des murs épais, des toits presque plats couverts de lauzes ou de plaques de mélèze. On appelait *fenario* l'étage où séchait le foin. La cure elle-même comprenait un assez grand nombre de pièces réparties sur deux niveaux où l'on accédait par deux terrasses différentes. Celle du haut se trouvait à la même hauteur que l'église. Le jardin du presbytère était dominé par le cimetière. L'une des pièces, au sol et aux murs humides, servait à entreposer le lait et les fromages dont les paysans faisaient don au prêtre. Elle devint la chambre de Terremoto, après qu'on y eut installé un lit de bois garni d'une paillasse et de deux couvertures. Le lendemain de son arrivée, l'enfant découvrit un gros tas de bûches entassées dans un hangar qui prenait appui sur le mur du jardin. Il était en train de s'y aménager une sorte de cahute quand il perçut dans son dos une présence subite. Il se retourna. Un garçon aux joues dorées le regardait en souriant.

— Tu es le petit-neveu du curé ?

— Oui.

— Comment t'appelles-tu ?

— Jacques Ranson.

— Moi, Pierre-Marie Allevard.

— On m'appelle aussi Terremoto. En italien, ça veut dire : tremblement de terre.

— Je t'appellerai Terremoto. Tu veux bien que je joue avec toi ? Ton grand-oncle m'aime bien. Je suis enfant de chœur. J'espère qu'il te prendra avec moi pour servir la messe.

— Je l'espère.

Désormais Jacques rechercha d'autant plus la compagnie de Pierre-Marie qu'au bout de quinze jours le régime imposé par son grand-oncle pesa sur lui dans toute sa rigueur. Il était à l'image du prêtre, dont le visage osseux, les gestes et la voix brusques firent regretter à l'enfant les manières des grands-parents Gravier, si tendres, si compréhensives. Réveil de bonne heure, longues séances de catéchisme et de latin, multiples petites corvées, Terremoto avait sans cesse l'occasion de dépenser utilement son énergie. Seul l'après-midi lui permettait de s'ébattre en toute liberté. Les repas eux-mêmes ne lui apportaient pas le moindre plaisir. Très vite le curé Jean Ranson envoya son petit-neveu manger à la cuisine, sous prétexte qu'il ne pouvait pas supporter son bavardage. La servante, peu jolie, assez grasse et bougonne, avait beaucoup de mal à remplir toutes ses charges. Au reste, elle perdait du temps à jacasser avec ses voisines. Aussi se bornait-elle à faire midi et soir des soupes aux poireaux ou à l'oignon, qu'elle épaississait avec des tranches de pain dur. Terremoto voyait rarement du vin ou de la viande salée apparaître sur sa table. Le sac de riz fut vite épuisé. Les pommes de terre touchaient à leur fin : il faudrait attendre la nouvelle récolte. Heureusement le curé Jean Ranson enseignait le latin avec beaucoup d'intelligence. Il fit faire de rapides progrès à l'enfant, à qui les déclinaisons, les verbes, les adverbes et les termes de liaison devinrent bientôt des plus familiers. Le prêtre n'en demeurait pas moins rigide et lointain. Se négligeant lui-même, il n'accordait aucun intérêt aux habits et à la propreté de son petit-neveu. La servante ne s'en occupait pas davantage. Quand Terremoto se sentit rebuté par la nourriture qu'on lui présentait, quand sa culotte et ses chaussures commencèrent à se détériorer, il se serait volontiers enfui d'Aiguilles, s'il n'y avait pas eu Pierre-Marie Allevard, qui exerçait sur lui une étrange fascination. Ce garçon trompait tout le monde par son visage souriant, ses yeux bleu clair et ses cheveux blonds frisés.

Dès que le soleil fut un peu plus chaud, il entraîna son camarade vers le torrent qui se jetait dans le Guil en amont du village.

— On va se baigner dans le Lombard.

— Le Lombard ?

— C'est comme ça qu'on appelle la plus petite des trois rivières.

Ce nom dérouta Jacques. Comment un torrent pouvait-il s'appeler comme ses cousins de Chantemerle ? Soudain il constata que Pierre-Marie s'était mis complètement nu entre les vernes qui entouraient une petite plage de gravier.

— Qu'est-ce que tu attends pour en faire autant ? Tu verras que l'eau est bonne. Allons, viens.

— Je ne sais pas nager.

— Ce n'est pas la peine. Le ruisseau n'est pas profond. Est-ce que tu aurais peur ?

Cette question fouetta le jeune Ranson. Il se déshabilla, non sans anxiété, pénétra prudemment dans la rivière, soudain glissa. Un étau de glace lui prit les jambes, le ventre, la poitrine. Il finit toutefois par trouver l'eau délicieusement rafraîchissante.

Avec l'automne, la chambre de Terremoto devenait de plus en plus humide. Le froid le réveillait bien avant l'aube. Ses habits, mal rapiécés par la bonne, lui donnaient presque l'apparence d'un petit mendiant. Il rêva de Chantemerle, de maison confortable, de femmes jeunes et belles comme Joséphine Lombard ou la servante Françoise. Son ressentiment, son désespoir devinrent tels qu'il décida de se plaindre à son père, dans une lettre qu'il remit au piéton en cachette de son grand-oncle. Nicolas en fut contrarié. Pour éviter tout éclat, il adressa sa réponse au consul d'Aiguilles, qui s'arrangea pour la transmettre à Terremoto à l'insu du curé.

« Mon Cher Enfant,

» Ta lettre ne m'a pas fait plaisir. Ta vie est peut-être difficile, mais je me demande si tu n'exagères pas un peu ta situation. Mon oncle n'est pas un monstre. Tu dois savoir que l'on n'arrive à rien sans peine. De toute façon, je ne veux pas risquer de déplaire à ce saint homme en te retirant de chez lui. Ton séjour à Aiguilles, surtout, va te permettre d'acquérir une solide connaissance du latin, grâce à quoi tu entreras directement en quatrième au collège d'Embrun, à la Toussaint de 1783. Encore quelques mois de patience. Mais je te le dis gravement : si tu n'abandonnes pas tes projets de fuite, je ne te regarderai plus comme mon fils.

» Ton affectionné père, Nicolas Ranson. »

Terremoto se réfugia dans sa cabane avec la lettre qu'il lut et relut en pleurant silencieusement. La menace de son père l'épouvantait. Pour échapper à ses multiples épreuves, il concentra toute son énergie sur le latin, l'histoire ancienne et l'arithmétique. Mais bientôt d'insupportables démangeaisons s'installèrent en permanence dans ses cheveux. Parfois Terremoto s'arrachait des croûtes où apparaissaient des traces de sang. Quand le curé Jean Ranson s'en aperçut, il en blâma son petit-neveu moins rudement que d'habitude.

— Ne triture pas tes croûtes. Tu n'es plus un bébé. Si tu te grattes, tu aggraveras ton mal. Tu as tout bonnement attrapé la rache; la teigne, si tu préfères. Elle guérira avec le printemps. Le soleil est encore le meilleur des médecins.

Dès que les premières chaleurs eurent rétréci la neige sur les pentes, on s'inquiéta de trouver un accompagnateur pour le jeune Ranson. Un colporteur d'Aiguilles, qui reprenait la route avec la belle saison, voulut bien se charger de lui jusqu'à Briançon. Tous deux partiraient le premier jeudi de mai, bien avant l'aube. Dans la cuisine, la lueur de la chandelle faisait passer des ombres dansantes sur le visage du curé. Il souleva son petit-neveu.

— Repose-toi bien. Tu reviendras quand tu voudras pour préparer ton entrée en quatrième. Embrasse pour moi mon frère Joseph. Dis-lui de ménager sa santé.

— Oui, mon oncle.

Terremoto pensait confusément : « Jamais... jamais... » Le trajet présenta des difficultés inégales. Après Château-Queyras, dont la citadelle semblait fermer la vallée du Guil, la traversée du col des Ayes fut particulièrement pénible. Pour distraire l'enfant, le colporteur lui raconta que les Anglais avaient été battus par les *Insurgents* américains. Des conversations de paix s'étaient engagées à Versailles depuis le mois d'octobre dernier. La France allait peut-être récupérer ses colonies perdues.

— Les colonies, c'est quoi ?

— Des pays habités par les nègres, qui y font pousser du sucre, du café, et des fruits délicieux.

— Mon grand-père, il aime bien les *Insurgents.*

A Briançon, l'accompagnateur quitta Jacques Ranson sur la place du marché, pleine de marchands et de clients. L'enfant, un peu désorienté, chercha à se repérer sur la Grande Gargouille. Son attention fut alors attirée par un homme dont il ne voyait que le dos puissant, et qui pérorait au centre d'un groupe. Terremoto reconnut la voix de son grand-père. Il se faufila dans la foule et tira le manteau qui lui était familier. Le fermier se retourna.

— Terremoto ! Mon petit ! Te voilà donc arrivé !

— Grand-père Jacques... grand-père...

Arraché de terre, l'enfant serra fougueusement le cou du vieillard. Les repas misérables, la chambre glaciale, les réprimandes de l'oncle, tout était oublié.

— Mais tu es en loques. Et puis, qu'est-ce que tu as dans la tête ?

— La teigne, je crois. Ça me gratte tout le temps.

— Mon pauvre enfant... Viens, nous allons montrer à ton père dans quel état tu es.

Le fermier entraîna son petit-fils. Il écarta les chalands qui stationnaient devant la quincaillerie. Nicolas pâlit à la vue de l'enfant, mais il eut à peine le temps de l'embrasser. Déjà il subissait une série de reproches.

— Regardez un peu dans quel appareil on vous renvoie Terremoto. Ses habits sont en lambeaux. Il est maigre, et, de plus, il a une fameuse teigne. Belle éducation qu'il a reçue à Aiguilles. Votre oncle est un fripon, un ladre, un vilain bonhomme. Tout prêtre qu'il est, il s'entend à diriger les enfants comme moi à jouer de la clarinette. Maintenant, avec votre permission, ou plutôt sans votre permission, j'emmène mon petit-fils choisir de quoi se vêtir convenablement.

Nicolas, de plus en plus décontenancé, murmurait une approbation et des excuses inintelligibles. Chez un fripier, Jacques Gravier acheta des souliers un peu grands mais solides. Un tailleur lui vendit une culotte, un gilet et une veste qui se trouvèrent à peu près à la taille du garçon.

— Te voilà redevenu chrétien. Retournons montrer à ton père comme tu as bonne mine quand tu es vêtu correctement. Ensuite, je te remmènerai à Chantemerle, sur Bonne-Tête. Le pauvre vieillit, comme son propriétaire. C'est peut-être son dernier voyage. Profitons-en.

Les premiers jours qui suivirent son retour, Terremoto ressentit une profonde impression de délivrance : plus de repas infects, plus de réprimandes ni de contraintes. Son lit était garni de draps qui sentaient le soleil et la lavande. Sa chambre n'était pas humide. Il ne vit guère Joseph : l'aîné travaillait dur chez son cousin. Ce dernier avait loué les terres que le grand-père Gravier possédait entre Le Monêtier et Chantemerle. Il avait même récupéré ses moutons. Adélaïde annonça fièrement qu'elle était maintenant propriétaire de cinq brebis. Dans les conversations du soir, Terremoto apprit d'étonnantes dispositions familiales. La quincaillerie reviendrait à Joseph qui, l'an prochain, remplacerait le commis. Agathe aurait la maison où tous étaient nés. Le petit Guillaume hériterait de la ferme accolée à l'église.

— Et moi, qu'est-ce que j'aurai ?

— Toi, tu seras curé. Les curés habitent dans une cure.

Cette réponse de Madeleine irrita le futur ecclésiastique. Sa sœur était devenue une belle fillette de douze ans, le portrait de son père; elle aidait la servante à régenter les derniers enfants. L'an prochain, quand elle serait entrée chez les ursulines de Briançon, ce serait Adélaïde qui lui succéderait. Tous ces arrangements créèrent en Terremoto un malaise vivace. Il se sentit presque exclu, étranger. Alors, insidieusement, se réveilla le souvenir de sa mère. Il la revit belle, rieuse, attirante malgré son autorité. Jacques décida d'aller fleurir sa tombe. Il découvrit des aubépines dans un sentier qui descendait vers la Guisane. Les doigts déchirés, il déposa son bouquet près de la croix où était gravé le nom de Cécile Ranson. Son geste accompli, sa solitude lui fut encore plus sensible. A la maison, il donna libre cours à ses impulsions. Il exigea qu'on lui laissât choisir ses plats, comme au Monêtier. Il refusa d'exécuter les petits travaux que lui demandait Madeleine, prétextant qu'il avait son latin à étudier. Effectivement, il se réfugia pendant la journée dans la chambre de son père. Un brouillard persistant emplissait la vallée. Le soleil n'était plus qu'un disque livide, la maison une espèce de navire fantôme. Alors Nicolas décida d'envoyer son fils pendant quelques jours au Monêtier. Mais, là aussi, il fut très vite attristé par son séjour. Le mulet Bonne-Tête s'éteignait doucement dans l'écurie. Grand-père Gravier lui-même déclinait. Il avait congédié son journalier, conservé seulement quelques champs, réduit sa basse-cour. Quatre poules erraient à proximité du fenil. Un canard solitaire se tenait sur le bord de la mare, la tête fixe, attendant on ne savait quoi. Le fermier ennuya son petit-fils avec des considérations politiques. Calonne avait été nommé ministre des Finances à la place de Necker. On parlait d'un éventuel partage de l'Empire ottoman entre Catherine II et Joseph II.

— Oui, mon brave Terremoto. Le monde se disloque. Ça craque de partout. Tiens, à propos, il y a eu un tremblement de terre en Bourgogne, le 6 juillet dernier. C'était un dimanche. Jour de colère du Seigneur.

A cause de son nom, Terremoto se crut presque l'égal du Seigneur. Il courut chez Jean-Pierre Trial, espérant retourner avec lui prendre des truites à la nasse. Hélas, il avait été de nouveau engagé comme berger. Par chance, Honoré Martinon n'avait pas quitté le bourg. Allongé à plat ventre sur un lit, il étudiait sa grammaire latine.

— Tu es arrivé au bout ? demanda Terremoto.

— Non. Mais j'aurai grandement fini avant l'examen d'entrée, répliqua Honoré.

— Tu te présentes au collège d'Embrun ?

— Oui. Nous nous y retrouverons.

— Ce sera merveilleux.

Après la Fête-Dieu, Jacques regagna Aiguilles,

conduit par un marchand qui emmenait des chevaux en Queyras. Il recommença à travailler avec acharnement. Au vu de ses exercices écrits et sur la recommandation de ses oncles, il fut déclaré reçu en quatrième au collège d'Embrun. Au même moment, l'on parlait beaucoup des expériences extraordinaires réalisées en Ardèche par les frères Montgolfier. Ils avaient réussi à s'élever dans les airs à l'aide d'une sphère de papier renforcé où ils faisaient pénétrer de l'air chaud. Nicolas Ranson émit des réserves sur l'ambition de l'homme qui voulait rivaliser avec Dieu. Mais son fils fut transporté par la nouvelle, reproduite par les *Affiches de Dauphiné.* Une nuit, il rêva qu'il volait vers Embrun avec la légèreté d'un nuage pardessus les sommets éclatants.

11

Le collège d'Embrun était un bâtiment vaste et sévère, construit sur une sorte de plateau qui dominait la vallée de la Durance. Il jouissait autrefois d'une réputation étendue. Les jésuites, qui le dirigeaient, en avaient été bannis en 1594, puis rappelés en 1603 par Henri IV qui, l'année suivante, avait déclaré qu'aucun collège n'était aussi nécessaire dans son royaume que celui d'Embrun.

Au début, Jacques Ranson se trouva passablement dépaysé. Ses camarades étaient presque tous des fils de familles aisées. Leur trousseau était plus fourni que le sien. Au lieu des douze pièces réglementaires pour chaque catégorie de linge : chemises, cols, coiffes de nuit et mouchoirs, Terremoto n'en avait apporté que six. De même, il ne disposait que d'un habit et d'une redingote, tandis que les autres se vantaient d'en avoir le double.

Une véritable allégresse envahit Jacques Ranson quand, au bout d'une semaine, il vit arriver Honoré Martinon, retardé par une grave bronchite. Les deux camarades compensaient mutuellement leurs faiblesses respectives. Pour Terremoto, manger de la soupe deux fois par jour, avec de temps en temps du porc ou du bœuf salé, se lever à six heures du matin, dormir d'un sommeil glacé, représentait une vie plutôt moins dure qu'à Aiguilles. Il réconfortait Honoré, l'exhortait à jouer à la paume pour se réchauffer, à ne pas abandonner aux autres son pain du goûter. De son côté, Honoré, plus constant, plus méthodique, servait de répétiteur à son camarade qui peinait beaucoup dans son travail. Il lui pesait d'écrire les cours sur un cahier pendant des heures, de traduire des lettres de Cicéron ou les homélies de saint Jean Chrysostome, de réciter interminablement des prières. Très vite, des forces incontrôlables envahissaient ses genoux, atteignaient l'extrémité de ses doigts, le poussaient à se tourner en tous sens, à sauter sur son siège de bois dur. Le régent de quatrième, monsieur Allard, ne cessait de le reprendre.

— Ranson, quand aurez-vous fini de remuer comme un hanneton renversé sur le dos ?

— Monsieur, je ne suis pas un hanneton. J'ai des fourmis dans les membres, partout.

— Hanneton ou fourmi, vous faites un drôle d'insecte.

Toute la classe éclatait de rire; mais, aux récréations, on se gardait de toute allusion. Terremoto avait révélé son surnom, qui faisait peur, autant que son poing sec et rapide. Tous les deux mois, on envoyait aux parents un bulletin de notes et d'appréciations. Le premier que reçut Nicolas Ranson, quelque temps avant Noël, le laissa incertain. Sur trente élèves, Jacques se classait dix-neuvième. Son père hésita, puis se força à écrire à son fils une lettre sereine et tonique, qui lui parvint à la fin du mois de janvier 1784.

« Mon Cher Enfant,

» J'ai bien reçu ton bulletin de notes envoyé par le principal. Je comprends que tu sois un peu dérouté par l'enseignement que l'on te dispense. Mais je suis sûr que tu te classeras bientôt parmi les tout premiers de ta classe. Ton maître, monsieur Allard, a bon espoir dans tes qualités. N'oublie pas que tu es un Ranson.

» En ce moment, dans les *Affiches de Dauphiné,* et un peu partout, l'on parle de plus en plus des aérostats. Tu te rappelles, ces machines qui montent dans le ciel grâce à de l'air chaud. Peut-être faut-il prendre exemple sur eux : s'élever, toujours s'élever, sans pour autant vouloir rivaliser avec Dieu.

» Tous tes frères et sœurs vont bien, et aussi ton grand-père, encore qu'il vieillisse sérieusement.

» Ton affectionné père, Nicolas Ranson. »

Terremoto lut la lettre de son père avec une certaine émotion. Mais l'histoire des aérostats et les encouragements balayèrent en lui toute amorce de chagrin. Dans les mois qui suivirent, il fit des progrès étonnants. Les *Fables* d'Ésope, *les Métamorphoses* d'Ovide le fascinèrent. Le thème latin devint son exercice favori. Même l'enseignement religieux lui sembla digne qu'il s'y intéressât : il aboutirait à la carrière ecclésiastique. Le dimanche, dans la cathédrale, célèbre par son porche et ses orgues qu'on disait les plus anciennes d'Europe, il lui arrivait de se voir en tenue d'évêque, bénissant les foules et prononçant des homélies plus parfaites que celles de saint Jean Chrysostome.

Avant les vacances, Terremoto et Honoré firent leur première communion, avec d'autres, dans la vaste nef animée par des dizaines de lueurs tremblantes qui n'arrivaient pas à dissiper l'ombre. Au moment où l'évêque déposa l'hostie sur la langue de Jacques, celui-ci dut faire un effort pour contenir un sanglot venu de très loin. Une mélancolie indéfinissable le gagnait. Il tourna la tête. A ses côtés, la figure pâle d'Honoré semblait venue d'un autre monde.

Les vacances d'été arrivèrent à point. La teigne avait commencé à reparaître dans les cheveux de Terremoto. Le soleil, la nourriture saine, des applications de menthe sauvage atténuèrent le mal. Mais le garçon avait tendance à s'ennuyer. C'est alors qu'il demanda à rejoindre Le Monêtier. Son père resta silencieux pendant quelques minutes. Bien qu'il fût souvent absent de la maison pendant l'été, il lui était désagréable de voir Jacques exprimer ouvertement sa préférence. Le visage affaissé de son beau-père, le poids de sa solitude lui rendirent la conscience d'une indispensable charité.

— Puisque tu le désires, fais comme tu l'entends. J'espère que tu ne seras pas une charge trop lourde pour ton grand-père.

— Je l'aiderai.

Pour Terremoto commencèrent les vraies vacances. Tout en rendant le plus de services possible à Jacques Gravier, ému par le geste de son petit-fils, ce dernier confectionna, avec le secours d'Honoré Martinon et de sa vieille gouvernante, un aérostat de papier fort qui avait plutôt la forme d'une boîte que d'un ballon. Puis, emportant l'engin avec des piquets et des ficelles, les garçons gagnèrent l'Envers, où ils trouvèrent Jean-Pierre Trial, berger pour une nouvelle saison. L'aérostat fut mis en place sur quatre supports, et retenu par autant de ficelles. Un matin où soufflait un fort vent de nord-est, on alluma sous la machine un grand feu de mélèze. La boîte se distendit, tirait visiblement sur ses amarres. Terremoto sentait son cœur battre vite et fort.

— Lâchez tout !

L'aérostat s'éleva de dix à douze pieds. Les trois amis battaient déjà des mains quand une grande flamme subite dévora l'enveloppe de papier, qui retomba sur les piquets et les consuma en quelques minutes. Seuls de prodigieux sauts de côté évitèrent aux ingénieurs d'être pris dans le brasier. A l'emplacement de l'exploit l'herbe commença à brûler. Les bergers accoururent avec des seaux d'eau, pour empêcher l'incendie de se propager.

12

Au début de l'automne, Jacques Ranson retourna au collège avec enthousiasme. Cet hiver-là fut rude. Le matin, il fallait casser la glace dans les seaux pour pouvoir se laver. Certains élèves réussissaient à subtiliser à la cuisine des briques brûlantes qui réchauffaient leurs lits. Terremoto avait d'autres soucis. Plus que le froid l'inquiétait la teigne qui, depuis Noël, s'aggravait. Ses cheveux étaient complètement envahis par des croûtes blanchâtres. Quand il ne pouvait plus se retenir de les gratter, il s'en dégageait une puanteur insoutenable, qui faisait s'écarter de lui la plupart de ses camarades. Il crut d'abord que c'était par jalousie, car il se classait régulièrement deuxième. Mais, à la longue, des termes tels que teigneux, racheux, pestiféré, le laissèrent sans illusion. Finalement quelques grands dénoncèrent le mal au principal qui fit appeler le suspect dans son bureau, en présence du régent, qui assurait l'administration du collège.

— Jacques Ranson, je vous trouve un peu pâle, un peu maigre. N'êtes-vous pas fatigué ?

— Non, monsieur le principal. Jamais je n'ai été plus solide. D'ailleurs mes notes demeurent excellentes.

La voix de Terremoto était ferme, mais une anxiété souterraine cheminait en lui.

— Je vous félicite. Cependant vous avez sans doute constaté que vos cheveux ne sont pas très sains. Ils commencent même à sentir mauvais. Vos voisins s'en plaignent.

— Je sais, monsieur. J'ai déjà souffert de cette teigne à Aiguilles, chez mon grand-oncle. Cela va passer avec le soleil et le repos. Quant à mes voisins, ils n'ont qu'à se boucher le nez. Les tinettes aussi sentent mauvais.

— Ranson, vous dépassez la mesure. Cinq mois nous séparent encore des vacances. Il me sera difficile de vous garder jusque-là.

— Je ne veux pas partir. J'ai ma troisième à faire.

Malgré lui, Jacques avait crié en frappant du pied le sol à plusieurs reprises, comme un jeune taureau qui s'énerve. Le régent, front plissé, intervint.

— Calmez-vous, mon ami. Le principal a raison. Mais rien n'est perdu pour vous. Je puis vous assurer que nous vous ferons monter en humanité avec le grade de *secundo loco inter eximios,* au cas où votre guérison exigerait cinq mois entiers.

Le lendemain, Terremoto quittait le collège à pied. Le ciel d'un bleu profond, les crêtes coiffées de neige, les effluves de résine entrèrent en lui avec une telle intensité que des larmes de joie et de reconnaissance lui brouillèrent les yeux.

Le premier soin de Nicolas, quand il constata la gravité de la teigne dont souffrait son fils, fut de le confier au curé Grange. Ce dernier n'avait pas conquis ses paroissiens. On le trouvait fuyant, manœuvrier, mais il passait pour détenir certains secrets médicaux. Nicolas s'adressa au prêtre d'une voix respectueuse.

— Mon père, le corps réclame notre sollicitude autant que l'âme. Comme vous pouvez le voir, Jacques souffre d'une rache persistante. L'on m'a dit que, dans ce domaine, vos connaissances...

— Connaissances, oh ! très modestes, mais efficaces. Nous allons appliquer sur la tête de ce jeune homme une pommade de ma fabrication dont il ne tardera pas à se trouver bien.

Au bout de deux mois, la fameuse pommade n'avait pas produit le moindre effet. A la maison, Terremoto s'ennuyait et s'énervait. La servante Françoise, qui allait épouser un ouvrier de la filature, était tout occupée par son mariage et délaissait un peu le malade, qui se désespéra davantage quand le curé Grange décida, pour que la pommade pût pénétrer jusqu'aux racines du mal, qu'il fallait faire raser la tête de l'adolescent. Nicolas trouva l'idée excellente. Le lendemain soir, il ramena de Briançon un vieux barbier qui coupa à ras les cheveux du malade. Terremoto se regarda dans une glace : il ne se reconnut pas. Il avait une tête de bagnard; les croûtes blanchâtres, maintenant très visibles, mêlées aux traces vertes de la pommade, donnaient à la peau du crâne l'aspect d'une carapace monstrueuse. La rage qui s'amassait en Jacques éclata quand le curé, après avoir renouvelé l'application de son onguent, obligea le garçon à mettre une coiffe blanche. Le forçat s'était transformé en vieille femme. Rentré à la maison, Terremoto se mit à hurler et à trépigner.

— Bon Dieu ! tout est perdu ! Voilà qu'approche le moment où je devrai reprendre la classe, occuper peut-être la première place, progresser encore dans mes humanités. Au lieu de cela, je vais être obligé de me promener dans le village, d'aller à l'église et partout avec une tête de vieille gâteuse. C'est injuste, injuste, injuste...

La belle saison se passa sans que le teigne reculât. Quand l'automne eut ramené le froid et d'énormes nuages violacés, Nicolas Ranson rumina diverses solutions. Le dernier dimanche avant la Toussaint, il pénétra dans la chambre de son fils, encore couché, mais dont les yeux grands ouverts semblaient plus sombres que d'habitude.

— Allons, allons, ne te décourage pas ! Je suis certain que tu guériras bientôt. Il me semble que tes croûtes diminuent. Dès que la rache aura disparu, tu retourneras au collège.

— En attendant, je perds mon temps ici, pendant que mes camarades, eux, étudient. Ils vont devenir savants, alors que je ne serai qu'un âne.

Nicolas sourit.

— Justement, j'y ai pensé. Je viens d'apprendre qu'un ami de notre famille, l'abbé Darle, qui était vicaire à L'Argentière, a été nommé au Monêtier. C'est un lettré d'une grande finesse, et quelle bonté ! N'aimerais-tu pas travailler avec lui ?

Terremoto se leva.

— Au Monêtier ? Mais il faudrait que j'aille habiter chez grand-père Gravier.

— Et alors ? cela te déplairait ? Il te suffira d'emporter assez de pommade pour te soigner pendant l'hiver.

L'adolescent bondit dans les bras de son père. Jacques Gravier, informé du projet, vint chercher son petit-fils trois jours après la Toussaint de 1785. Cette fois, le voyage se fit à cheval. Bonne-Tête était mort.

Terremoto fut tout de suite conquis par l'abbé Darle. Celui-ci, bien bâti, de visage sérieux, mais ouvert, usait d'une méthode à son image. Il fit traduire à son élève des textes qu'il aurait dû expliquer en seconde : Virgile, les orateurs grecs transcrits en latin, le *Pro Archia* de Cicéron. Il n'eut pas à le pousser beaucoup. Jacques n'avait rien perdu de sa passion d'apprendre.

Cependant la rache ne diminuait pas. Au début de janvier 1786, profitant d'un réchauffement de la température, Nicolas Ranson vint rendre visite à son fils. Quand il le vit maigre et sombre, il prit peur. Une décision importante s'imposa à lui.

— Cela ne peut plus durer. Le curé Grange nous amuse avec son onguent. Fais ton bagage. Je t'emmène à Briançon. Nous irons consulter le docteur Guillerme.

La voix de Nicolas se brisa. Cinq ans après la mort de son épouse, il n'était pas encore remis de son chagrin.

Pour qu'il fût plus proche de l'hôpital où exerçait le docteur, Terremoto fut confié à des cousins.

Le recul de la teigne fut cependant assez lent. Tout en entretenant ses connaissances en latin et en français, Terremoto fréquenta la quincaillerie où son frère Joseph avait remplacé le commis. Nicolas redoutait les effets du traité de commerce qui, disait-on, allait être signé entre la France et l'Angleterre. Un machinisme avancé rendait les produits anglais moins chers. Ces problèmes de commerce extérieur laissaient Terremoto indifférent. Il consentait tout juste à faire quelques livraisons pour soulager son frère Joseph.

Terremoto fut déclaré guéri au début de l'été 1786. Le médecin le félicita de sa voix rude.

— Mon gaillard, te voilà avec un crâne solide. Il n'y a plus qu'à attendre la repousse de tes cheveux. Ce sera peut-être long. Compte une petite année. Après quoi tu pourras retourner au collège. Mes compliments au curé de Chantemerle pour les vertus de son onguent.

La grand-tante Lombard mourut à la fin du mois d'octobre. Quinze jours plus tard, la cousine Joséphine Lombard accoucha d'une fille bien charpentée, qui reçut le prénom de Marie-Sophie. Un autre garçon était né voilà deux ans chez les Lombard. Il avait été appelé Henri. Comme Adélaïde Ranson, la petite Marie-Sophie se vit attri-

buer une agnelle dont la descendance constitue-
rait une part de son héritage. Tout le monde
estima qu'elle ressemblait d'une façon étonnante
à sa grand-mère Lombard. Cette remarque trou-
bla Terremoto. Il jugea en effet que la ressem-
blance était évidente. Dans le berceau dormait
une Marguerite Lombard au visage frais et lisse,
aux lèvres finement dessinées. Et si la petite
Marie-Sophie n'était que le recommencement de
la vieille Marguerite ? Au catéchisme, à la messe,
les prêtres parlaient de résurrection des corps. La
relation entre ce qu'on lui enseignait et ce qu'il
voyait devint si impérieuse que Terremoto se
passa la main sur le front. Il était ébloui, et il avait
peur.

Pendant l'hiver, le Premier ministre Calonne proposa des réformes un peu révolutionnaires, qui
furent repoussées par l'Assemblée des notables,
constituée en grande partie par de riches privilégiés. Calonne fut congédié le 8 avril 1787. A la
même époque, Terremoto regagna le collège
d'Embrun. Sa teigne était complètement guérie.
Ses cheveux avaient repoussé. Il avait consolidé
ses connaissances en latin et ses aptitudes à
développer un discours. Nicolas prit son fils en
croupe. Jacques Gravier était du voyage. Les
deux hommes allaient à l'emplette à Marseille. Ils
devaient prendre la diligence à Embrun. Jamais
Terremoto ne s'était senti aussi enthousiaste.
Pendant tout le trajet, il chantonna pêle-mêle *le
Roi Dagobert, Malbrough s'en-va-t-en-guerre,* et
le *Salve Regina.* L'avenir lui apparaissait lumineux et satisfaisant.

13

Jacques retrouva avec un plaisir intense les
salles de cours et les dortoirs. Honoré Martinon
lui parut pâle et fatigué. Les autres vinrent examiner avec curiosité sa tête où nulle trace de
teigne ne se voyait plus parmi les cheveux
sombres. Personne ne fit semblant de renifler une
odeur suspecte qui aurait pu subsister. On lui
demanda seulement s'il allait entrer en seconde
ou en rhétorique.

— En rhétorique, bien sûr. Pendant que j'étais
malade, je n'ai pas perdu mon temps. J'ai travaillé.

— Tu te fais peut-être des illusions.

— Vous verrez bien.

Cependant, quand le sous-principal le fit appeler,
Terremoto perçut en lui une inquiétude précise qui
tout de suite se transforma en volonté de ne pas

se laisser faire. Nicolas se tint en retrait de son fils, son chapeau de voyage à la main.

— Jacques Ranson, vous avez sollicité la faveur d'entrer en rhétorique. Mais vous avez été absent plus de deux ans.

— Monsieur...

— Laissez-moi parler. S'il ne s'était agi que d'entrer en seconde, nous aurions tenu notre promesse. Mais vos camarades sont actuellement en rhétorique; ils ont pris sur vous une avance considérable. J'estime donc honnête et juste de vous donner à composer sur le même sujet que vos condisciples. Etes-vous d'accord ?

— Parfaitement, monsieur. Papa, va loger les chevaux, retenir ta place et celle de grand-père dans la diligence, et reviens dans deux heures.

On installa Jacques dans une petite salle déserte. Le sujet consistait en un discours de Brutus expliquant à ses complices pourquoi il fallait tuer César. Le candidat écrivit là-dessus trois pages qu'il jugea assez bien venues. Le sous-principal lut attentivement la composition. Son visage demeurait impassible. Avant qu'il eût achevé, Nicolas Ranson fut introduit dans le bureau. Son fils, de la tête, lui adressa un signe de confiance. Le fonctionnaire énonça d'une voix lente et dure :

— Jacques Ranson, votre travail n'est pas mauvais. Mais il comporte certaines faiblesses dans lesquelles ne sont pas tombés vos camarades. Terremoto se sentit gagné par l'irritation.

— Monsieur, je vous serais bien obligé de me montrer les défauts que vous avez découverts.

Le sous-principal indiqua les deux points qui

semblaient sujets à critique : l'insuffisance des arguments politiques, la familiarité excessive du style. Jacques Ranson se justifia avec énergie. Le sous-principal maintint ses arguments. Alors l'adolescent éclata.

— Monsieur, puisque vous décelez quelques défauts dans ma composition, je vous prierai de me faire voir celles que mes camarades ont faites à Pâques. Si j'ai commis plus de fautes que les premiers, je consens à ne pas être admis parmi eux.

— De toute façon, il ne serait pas mauvais pour vous de refaire une humanité. Vos bases en seraient raffermies.

Nicolas Ranson s'excusa de ne pouvoir assister plus longtemps à l'entretien. Il devait poursuivre son voyage vers Marseille. Il embrassa son fils, en lui annonçant qu'il lui avait retenu une place à la pension du collège. Nicolas parti, la discussion reprit entre le sous-principal et Jacques. Ce dernier finit par convaincre son supérieur de le faire admettre en rhétorique.

Bientôt Jacques reçut les surnoms de « méditatif » et d'« invincible ». A la fin de l'année, le conseil du collège lui décerna le rang de premier au titre d'*accessit ad eximios,* ce qui signifie premier à monter dans la classe supérieure. Terremoto partit en vacances soulevé par la gloire de ce classement. Il avait été convenu qu'Honoré Martinon et lui se rejoindraient le plus tôt possible au Monêtier.

Jacques retrouva avec un plaisir primitif ses frères, ses sœurs, Françoise et ses objets familiers. Mais il se rendait volontiers dans la maison des Lombard, où il se trouvait plus à l'aise que dans la sienne. Son petit-cousin Guillaume le fascinait par son calme et sa maturité. L'enfant répétait qu'il voulait être chanoine. En attendant, Terremoto lui apprit à lire, tandis que le cadet, Henri, trottait à travers la chambre et que, dans son berceau, Marie-Sophie, très digne, formait maladroitement ses premiers mots. Une lettre de Jacques Gravier réduisit de façon considérable l'enthousiasme apporté par les vacances. Le vieillard se plaignait d'entendre et de voir de plus en plus mal. Ses forces s'en allaient. Il avait décidé de ne pas monter aux alpages, cette saison, craignant que l'altitude n'aggravât son oppression. Terremoto fut à la fois attristé par ces lignes et content d'avoir un prétexte pour rejoindre Honoré Martinon. Les vacances s'organisèrent ainsi, dans un va-et-vient constant entre la maison familiale de Chantemerle et Le Monêtier. Mais, très vite, ces voyages déçurent Jacques, parce que son grand-père se dégradait physiquement, devenait acerbe, prévoyait des événements catastrophiques, sécheresse, famine, émeutes. Le jour où il demanda que l'on embrassât sa fille, dont il paraissait avoir oublié la mort, Terremoto comprit que la fin du fermier ne serait plus longue à venir. Nicolas, informé, poussa un gémissement de détresse.

— Depuis que notre pauvre Cécile est partie, ton grand-père et moi n'avons jamais pu nous habituer à ne plus la voir. Enfin, c'est la loi de Dieu. Apitoyé, constatant soudain la maigreur et la pâleur de son père, Jacques décida de lui consacrer entièrement les soirées qui restaient avant la Toussaint. Mais il retrouva le collège avec une joie qui fortifia ses ambitions.

Les cours de philosophie étaient si denses qu'en deux ans ils remplissaient environ quinze cents pages. Quand le professeur enseigna à Terremoto que l'âme était la seule forme indestructible, à la différence des plantes, des animaux et des minéraux, il saisit la merveilleuse complexité de l'univers. A la cathédrale, il se laissait pénétrer par l'ombre, par les lueurs tremblantes des cierges, et par les orgues, dont le souffle puissant semblait monter de l'abîme. Mais le sermon lui procurait des joies plus satisfaisantes. L'articulation des preuves et des règles lui apparaissait comme une architecture aussi parfaite que les arcades, les chapiteaux et les piliers qui soutenaient la voûte en s'y perdant. Son travail obstiné valut à l'adolescent de se classer premier au concours de Pâques. A la fin de l'année, les épreuves devaient comporter, outre la morale et la logique, des questions de métaphysique. Une semaine avant, Terremoto commit l'imprudence de manger, dans le jardin du collège, des abricots encore verts. Il fut si malade qu'à son grand désespoir on le renvoya à Chantemerle. Le docteur Guillerme, appelé, lui fit prendre une potion qui ne fit son effet qu'au bout d'un mois.
Quand il fut guéri, Jacques put reprendre ses lectures, puis ses sorties. Dans tout le village, aux préoccupations quotidiennes — paiement des

impôts, procès de chasse, problèmes de bornage — s'étaient ajoutées des inquiétudes plus vagues et plus menaçantes. Au mois de juin, des événements exceptionnels s'étaient produits dans le Dauphiné. Le parlement de Grenoble ayant été exilé parce qu'il s'opposait à une réforme qui lui ôtait ses pouvoirs, les petites gens, ouvriers et montagnards, à l'appel des notables de la ville, dévastèrent l'hôtel du commandant, puis jetèrent sur les troupes des tuiles qu'ils arrachèrent aux toits. La municipalité de Grenoble exigea le rétablissement des états provinciaux. Puis, à l'assemblée de Vizille, les trois ordres décidèrent qu'aucun impôt nouveau ne serait levé sans avoir été voté par les états généraux.

Ayant recueilli ces nouvelles à droite et à gauche, Terremoto se rendit au Monêtier pour les communiquer à son grand-père. Mais ce dernier avait encore décliné. Il ne sortait presque plus. Une voisine s'occupait de lui et des rares volailles qui restaient. Du feu était allumé en permanence dans la cheminée. La plupart des bâtiments se dégradaient. Le vieillard tint à son petit-fils des propos très sombres. Des orages de grêle, puis la sécheresse, avaient compromis la récolte de 1788. Le blé, le pain allaient augmenter. On allait vers la fin du monde. Tassé dans son fauteuil, le fermier demanda si Calonne était toujours Premier ministre. Terremoto n'eut pas le courage de le mettre au courant des récents événements. Il courut chez Honoré Martinon, qui lui ouvrit les bras. Les deux adolescents évoquèrent leur prochaine et deuxième année de philosophie.

Trois semaines plus tard, les *Affiches* reproduisirent une *Déclaration* du roi fixant la réunion des états généraux dans le courant du mois de janvier 1789.

Les préoccupations politiques des Ranson furent brusquement éclipsées par la mort de Jacques Gravier, qu'une nouvelle pneumonie emporta à la mi-octobre. Pendant la cérémonie funèbre, Jacques se demanda où était l'âme de son grand-père, puisqu'elle était immortelle : dans son ancienne chambre, sur les alpages, ou errante dans les nuages ? En quittant la ferme où il ne reviendrait plus, l'adolescent rêva longtemps aux années qu'il y avait passées.

Maître Martinon mit en vente le domaine. Les deux fils Gravier, qu'on n'avait jamais revus, se partagèrent quelques milliers de livres avec les enfants de Cécile. Terremoto accueillit ces nouvelles sans émotion. La Toussaint approchait. Les premières tornades signifiaient aussi la rentrée. Il faisait bon se sentir habité par une ardeur légère. Chacun était à sa place : les morts dans leurs alvéoles d'argile, les vivants confondus dans la chaleur et la lumière. Avant de gagner Embrun sur un cheval où Antoine Lombard le prit en croupe, l'adolescent s'attarda avec la petite Marie-Sophie. Maintenant âgée de deux ans, elle semblait vivre chaque instant comme la plante ou l'animal, loin de la logique, de la métaphysique, du discours en vers latins. Il embrassa avec une vive tendresse la fillette dont les lèvres, en se posant sur ses joues, lui communiquèrent une odeur de montagne fleurie.

14

Pour Terremoto, la deuxième année de philosophie commença dans l'enthousiasme. De nouveaux auteurs apparurent au programme, entre autres Descartes et Rousseau. Le premier satisfaisait la rigueur de Jacques relative aux déductions. Chez l'autre il retrouvait sa passion de la montagne, son émotion suscitée par les spectacles naturels, la nécessité de croire en Dieu. En outre, dans un grenier transformé en laboratoire, les élèves purent se livrer à des expériences de physique et à des études de plantes. Le monde reposait sur de merveilleuses structures permanentes. On fit constater aux collégiens que la longueur de la circonférence et son rayon étaient liés par un rapport constant, appelé pi, valant environ 3,1416. La surface du cercle, la surface et le volume de la sphère s'exprimaient également en fonction de ce signe mystérieux, un peu inquiétant. Les meilleurs sujets obtinrent le privilège d'observer le ciel, quand les nuits étaient claires, avec une lunette astronomique. Terremoto ne se lassait pas de découvrir des grappes d'étoiles et de planètes baignant dans des traînées lumineuses. Une étrange sérénité lui venait de mesurer son infinie petitesse en face de ces astres qui semblaient traverser l'espace et le temps sans la moindre altération. Le professeur expliqua le principe des aérostats. Il rappela la mort de Pilâtre de Rozier, survenue voilà trois ans alors qu'il tentait de traverser la Manche en ballon. Jacques proposa de fabriquer un engin de cette sorte dans la cour du collège.

— Sur les alpages du Monêtier, j'ai réussi à faire monter un aérostat jusqu'à dix pieds de haut. N'est-ce pas, Honoré ?

Les autres ricanèrent en entendant cette allusion à un exploit qu'ils avaient oublié.

— Tu te vantes.

— Terremoto se prend pour le Saint-Esprit.

Honoré Martinon confirma qu'effectivement il y avait eu un début d'ascension. Mais l'affaire n'eut pas de suites. La fabrication et le lancement des aérostats venaient d'être interdits par l'Administration royale en raison d'accidents survenus dans quelques établissements. En revanche, tout le monde put électriser des bâtons de résine ou des tubes de verre en les frottant sur des chiffons de laine; ainsi manipulés, ils attiraient à eux de petits morceaux de papier. Il fut enfin question de reprendre une récente expérience du chimiste

Lavoisier, qui avait décomposé l'eau en deux gaz incolores, inodores, appelés oxygène et hydrogène. Cette découverte provoqua chez les collégiens de l'excitation et du scepticisme. Comment des gaz insaisissables, invisibles, en somme inexistants, pouvaient-ils produire une matière aussi réelle que l'eau? Les miracles n'avaient lieu que dans l'Ecriture.

Curieusement, certains élèves établirent une vague relation entre ces pratiques quelque peu diaboliques et une brochure qui circula en secret parmi eux. Elle avait été adressée par les curés du Dauphiné à leurs confrères de Bretagne. Bientôt les séminaristes et les collégiens en surent par cœur les passages les plus révolutionnaires : « ...les évêques ne sont que des citoyens comme nous... l'intérêt du peuple et celui des curés sont inséparables... si le peuple sort de l'oppression, les curés sortiront de l'avilissement dans lequel le Haut-Clergé les a plongés... » Ce texte fit une forte impression. Le nom de l'abbé Sieyès commençait à se répandre parmi les élèves. On murmurait qu'il avait écrit un *Essai* condamnant vigoureusement les privilèges. Un soir de décembre, le préfet de discipline surprit un collégien en train de lire la brochure des curés séditieux. Convoqué devant le principal, le coupable ne dénonça pas le ou les camarades qui lui avaient fourni le livre criminel. Il fut exclu de l'établissement. Alors, petit à petit, les fortes têtes entreprirent contre le préfet une persécution qui prit toutes les formes. Tantôt un collégien sonnait la clochette sans nécessité, afin de faire se préci-

piter le surveillant anxieux de savoir ce qui se passait. Tantôt l'on tendait des ficelles entre les rangées de tables pour le faire tomber. Pendant qu'il se promenait dans l'étude, ceux à qui il tournait le dos lançaient contre le mur des bouteilles qui se brisaient avec fracas et faisaient sursauter le malheureux. En promenade, une partie des collégiens se cachaient dans des maisons vides, au grand désespoir du préfet, qui courait en tous sens pour rassembler ses ouailles dispersées. Au début, Jacques Ranson ne se mêla pas à ces actes de vengeance. Mais peu à peu lui revinrent en mémoire les tours qu'il avait joués au Monêtier, avec une telle précision qu'il ne put s'empêcher de participer aux brimades. Peu après Pâques, un soir que l'étude faisait pleuvoir sur la victime des livres, des serviettes et des bouteilles, le préfet, rendu subitement furieux, accusa devant tous les élèves Terremoto d'être le principal auteur du désordre, et courut faire son rapport à l'administration. On allait punir très sévèrement le coupable présumé, peut-être le renvoyer du collège, quand un abbé, originaire du Monêtier, intervint en faveur de Terremoto. Il fit valoir son travail, ses succès, sa haute spiritualité. Le chef d'établissement se rendit à ses raisons, mais il décida de dissoudre la pension.

Chaque collégien dut trouver une place chez un particulier. Jacques et Honoré se logèrent chez une dame réputée pour sa vertu. En ville, les deux amis apprirent des nouvelles d'une importance considérable. Dès le mois de mars 1789, il se produisit des émeutes à Gap, puis à Marseille et à Paris. Les états généraux se réunirent le 5 mai à Versailles. Le tiers état, fort de 600 membres, soutint le projet de voter une Constitution, la fin du despotisme, le rétablissement des libertés municipales. Le discours du roi, qui avait cédé aux exigences de l'Assemblée nationale, inspira à Jacques Ranson une certaine angoisse. Pour y échapper, il se rejeta dans l'étude. Il se classa premier à l'examen terminal. Huit jours auparavant, l'on apprit qu'une forteresse parisienne, qui servait de prison, appelée la Bastille, avait été prise d'assaut par des émeutiers, qui en avaient mis à mort le gouverneur. Ni la *Gazette de France* ni les *Affiches de Dauphiné* ne parlèrent de l'événement.

15

Jacques partit pour Chantemerle avec une hâte exceptionnelle. L'atmosphère trouble du collège et les événements politiques avaient fait naître en lui le besoin d'une vie soustraite aux bouleversements. Dès son arrivée, le jeune homme fut déçu. Son père, qui respectait encore l'Ancien Régime, acceptait mal une série d'épisodes dont les collégiens n'avaient pas eu connaissance : établissement de la Constituante, création du drapeau tricolore, attaques des convois de blé, incendies des châteaux. Nicolas redoutait la suppression des droits féodaux, votée le 4 août, n'était-ce pas le début de l'anarchie ? Cet événement venait de se produire peu de temps avant l'arrivée de Terremoto. Il acheva d'ébranler la santé de son père, qui discernait dans le vote des députés une révolution sociale dont on ne pouvait prévoir les conséquences. Sans compter que l'autonomie financière et politique des communautés briançonnaises semblait définitivement abolie. La veille du 15 août, Nicolas Ranson sentit des douleurs fulgurantes lui traverser l'estomac. Il se coucha, se mit à gémir. Il vomit un peu de sang, mais refusa qu'on allât prévenir le curé ou le médecin. Adélaïde et Jacques lui tinrent les mains jusqu'à ce qu'il s'endormît. A la lueur d'une chandelle éloignée du lit, le visage de leur père leur semblait déjà celui d'un mort.

Dix jours plus tard, l'Assemblée vota une Déclaration des droits de l'homme et du citoyen, que les *Affiches de Dauphiné* publièrent en plusieurs livraisons. Elle garantissait la liberté, la sûreté et la résistance à l'oppression. Mais la première Constitution laissait au roi des pouvoirs très réduits. Terremoto était divisé entre une certaine sympathie pour la lutte que les députés menaient contre les privilèges, et les sombres prédictions de son père.

Quand il ne travaillait pas sa théologie avec Honoré Martinon, il apprenait les rudiments du latin à son frère Jean-Marie, qui devait entrer en quatrième au collège d'Embrun. Cette activité pédagogique le passionnait. Elle avait aussi l'avantage de mettre provisoirement en sommeil les impulsions, renforcées par le repos, que créait en lui la vue des femmes et des filles. Leurs toilettes légères révélaient des formes harmonieuses qu'il rêvait d'approcher, de caresser, d'étreindre, espérant un plaisir indéfini, mais si intense qu'il en restait rêveur.

Malgré ses inquiétudes, Nicolas Ranson participa à la contribution exceptionnelle réclamée à tous les citoyens pour une somme de deux cents francs. En compensation, il proposa à Terremoto de lui acheter un cheval. L'adolescent fut touché par ce geste. Une annonce parue dans les *Affiches* lui permit d'acquérir pour trente louis une jument de sept ans; gris et blanc, très obéissante. Grâce à Antoine Lombard, l'apprentissage du nouveau cavalier ne demanda qu'une petite semaine. Désormais, sa monture lui procura des joies inépuisables, y compris celle de se comparer à Alexandre domptant Bucéphale.

Juste avant la Toussaint, Honoré Martinon accueillit son ami avec un air un peu sombre.

— Mon vieux, nous ne pourrons plus nous réunir en public, sous un arbre ou dans un pré, pour discuter.

— Pourquoi ?

— L'Assemblée vient d'interdire les rassemblements de toute nature. Si nous nous trouvons devant des gardes armés, l'officier fera trois sommations. Un : avis est donné que la loi martiale est proclamée; deux : on va faire feu; trois : que les bons citoyens se retirent.

— Et si nous ne sommes pas de bons citoyens ?

— L'officier prononce le deuxième et le troisième avis : on va faire feu; que les bons citoyens se retirent.

— Mais si les bons citoyens ne se retirent pas, tout le monde devient de mauvais citoyens.

— Alors les gardes tirent, les mauvais citoyens

sont tués. Plus de séminaire ni de carrière ecclésiastique !

Les jeunes gens se mirent à rire. Honoré affirma que les députés avaient raison de défendre l'ordre public. Terremoto se sentit troublé par ces nouvelles, qui vérifiaient les prophéties de son père et qui d'ailleurs correspondaient à des indices devenus de plus en plus manifestes : réunions de journaliers et de marginaux, propos dirigés contre les possédants, ironie à l'égard de tout ce qui portait ou allait porter soutane. La vallée de la Guisane allait-elle connaître des émeutes ? Jacques n'en travailla pas moins avec acharnement. Il fallait que son examen d'entrée en théologie fût un succès complet.

Pour le retour à Embrun, l'équipage de Jacques et de Jean-Marie fut fort bien organisé. Le séminariste monta sur sa jument. Le cadet fut pris en croupe par le cousin Lombard, qui devait ramener les deux montures à Chantemerle. Sur chacune d'elles on avait fixé une petite malle contenant les trousseaux, des tourtes de pain, des noix et des pommes. Entre Mont-Dauphin et Embrun, les voyageurs croisèrent des convois militaires assez nombreux qui montaient à la forteresse. Des travaux d'élargissement et de consolidation étaient en cours sur certains tronçons de la route afin que fût facilité le passage des canons et du ravitaillement. Ces spectacles excitèrent Jean-Marie. Les deux frères s'installèrent chez un ancien tailleur militaire, dont la femme était accueillante, et qui demandait un prix de pension moins élevé que la veuve de l'année précédente. Terremoto fut aisément reçu à son examen d'entrée en théologie. Jean-Marie, lui, fut déclaré admis en quatrième. Le séminariste l'aida à surmonter les premières difficultés. Lui-même, fier de porter la soutane, étudia avec enthousiasme la théologie dogmatique, enseignant ce qu'il faut croire, et la théologie morale, édictant ce qu'il faut faire. Les exercices quotidiens le transportaient avec assez d'intensité pour lui faire supporter le rythme du séminaire. Les oraisons mentales, les conférences sur l'histoire de l'Église, la dictée des cours, même les prières constituaient un réseau serré dans lequel son imagination se trouvait à l'étroit. En revanche, les visites aux malades et les exercices pratiques le passionnaient. Le jour où on lui confia un enfant de bois pour simuler le baptême, Jacques fut travaillé au point que les larmes lui obscurcirent les yeux.

Outre son travail, le séminariste avait charge d'âme. Certes, grâce à sa force en latin, Jean-Marie se classait toujours deuxième ou troisième. Ses cahiers étaient parfaitement tenus. Mais, dans tous les autres domaines, il se montrait impulsif et désordonné. Terremoto s'en irritait.

— Ta malle est un vrai capharnaüm. Tu pourrais au moins plier tes culottes et tes chemises.

— Tu m'embêtes. Mes chemises et mes culottes sont bien comme elles sont. Les plier pour les déplier, c'est du temps perdu.

— Quant à tes chausses, elles sont dégoûtantes. N'attends pas pour les laver que la crasse les fasse tenir toutes droites.

— Je demanderai à la propriétaire de faire ma lessive. Elle est très gentille, la dame.

Jacques gémissait intérieurement. Il croyait reconnaître en son frère le personnage qu'il avait été, encore plus impérieux, moins soumis aux règles chrétiennes.

Le tailleur qui les hébergeait était un républicain convaincu. Si Terremoto demeurait réticent, Jean-Marie prenait feu pour les mots de liberté et d'égalité qui, disait-on, figuraient déjà sur les actes municipaux officiels. Son frère tentait de modérer sa fièvre. Il tira de nouveaux arguments d'une lettre envoyée par le cousin Lombard au début de 1790. Elle annonçait que Chantemerle ne serait qu'un simple hameau rattaché à la commune de Saint-Chaffrey.

— Tu vois, Jean-Marie, la voilà, cette fameuse égalité dont le propriétaire te rebat les oreilles.

— Chantemerle est une toute petite communauté de rien du tout. On ne peut la comparer au Monêtier ou à Saint-Chaffrey.

— On commence par ne pas lui donner de mairie, on finira par supprimer son église et son curé.

— Je croyais que tu n'aimais pas le curé Grange.

— Il est tout de même le représentant de Dieu.

En réalité, l'irritation de Terremoto lui venait moins du sort réservé à Chantemerle par la république que des nouvelles alarmantes concernant la santé de Nicolas. Elles disaient qu'il s'affaiblissait de jour en jour.

Le dernier vendredi avant Pâques, pendant la récréation de midi, le confesseur de Jacques le fit appeler dans son bureau. Le visage de l'abbé était grave. Une lettre décachetée était posée sur sa table.

— Jacques Ranson, vous êtes un homme. J'ai des informations très sérieuses à vous communiquer. Votre père a reçu l'extrême-onction. Cette lettre ayant mis trois jours pour venir de Chantemerle, nous ne savons même pas s'il est encore en vie à l'heure actuelle. Il est hors de question que vous vous rendiez près de lui, vu l'état des chemins. C'est tout juste si le piéton a pu passer. Nous allons prier pour Nicolas Ranson.

Le professeur et le séminariste s'agenouillèrent. Chacun se livra à une oraison silencieuse.

En quittant le bureau, Terremoto rejoignit ses camarades comme un somnambule. A peine eut-il la force de renseigner son frère qui, lui aussi, demeura longtemps dans un état d'hébétude. Le lendemain, l'abbé leur annonça que leur père était mort. Les funérailles avaient eu lieu le jour même où l'on avait reçu la nouvelle de l'extrême-onction. Le prêtre chargea ses regards de la plus grande affection possible.

— Votre père a rejoint votre mère dans le sein du Seigneur. Nous ne pouvons plus prier que pour le repos de leur âme. Le directeur vous autorise à aller écrire à votre famille dans votre chambre. Demain, à l'office de la cathédrale, nous aurons une pensée particulière pour le défunt.

Au lieu de regagner leur pension, les deux frères, descendirent dans la vallée de la Durance. Ils s'assirent sur une pierre plate tombée de la falaise. Un vent froid soufflait du nord, entraînant des nuages gris sombre. Soudain Terremoto ne put réprimer un afflux de sanglots. Il pleura son père qui, depuis la mort de sa femme, avait mené une vie de chagrin et de tourments. Surtout il pleura sur lui-même. Il se reprochait de ne pas avoir témoigné assez de tendresse à un homme d'une qualité exceptionnelle, de l'avoir négligé, d'avoir parfois souhaité ne plus dépendre de lui, ce qui équivalait à désirer sa disparition. A côté de lui, Jean-Marie laissait couler des larmes silencieuses. Enfin Jacques se ressaisit.

— Nous voilà orphelins. Notre devoir est de maintenir vivant le souvenir d'un père qui nous a aimés plus qu'on ne peut dire, de travailler de toutes nos forces, et de nous unir pour faire face aux malheurs qui se préparent.

Les deux frères s'étreignirent, échangèrent leur chaleur et leur énergie.

Le cousin Lombard, nommé capitaine de la garde nationale, vint au village des Crottes, situé à une lieue au sud d'Embrun, avec six Chantemerlains de sa compagnie. Jacques et Jean-Marie reçurent l'autorisation d'assister à cette promotion. Deux mille hommes de la garde nationale briançonnaise et embrunaise se réunirent en carré dans un pré voisin, au milieu duquel on avait dressé, sous une voûte de feuillage que soutenaient quatre colonnes de verdure, un autel important, où l'on commença par célébrer la messe. Le service achevé, un fonctionnaire lut une déclaration relative à la défense de la République. Cette manifestation impressionna Jacques plus qu'il n'aurait pu le prévoir. La présence du cousin Lombard, en officier, l'enthousiasme des gardes nationaux et de la foule l'amenèrent à réfléchir sur les événements considérables qui se passaient. Du reste les séminaires et les collégiens furent mis en vacances bien avant la date habituelle, sans qu'on leur fît subir les examens terminaux.

A Chantemerle, Terremoto apprit des nouvelles qui achevèrent d'infléchir ses sentiments à l'égard de la Révolution. Au mois de mai, la France avait fait une déclaration de paix au monde. Quelques semaines plus tard, à Paris, le roi avait passé en revue quinze mille hommes de la garde nationale. Cet acte détermina Jacques, bien qu'il continuât à porter la soutane, à s'engager dans les gardes nationaux de Chantemerle, pour y faire l'exercice, les dimanches et jours de fête, sous la direction d'un sergent appointé par Antoine Lombard qui, malgré son titre de capitaine, était plus soucieux de son domaine que des exercices militaires.

Le sentiment patriotique de Terremoto fut porté à son comble quand on connut les détails concernant la fête de la Fédération, qui s'était déroulée le 14 juillet 1790 au Champ-de-Mars. Deux cent mille personnes étaient présentes, venues de tous les départements. Cette manifestation déclencha chez Jacques une fièvre qu'il eut de la peine à maîtriser. Un jour, il se surprit à entraîner Françoise, la toujours fidèle servante, dans une danse effrénée. Rouge et riante, elle voulut se dégager.

— Finis donc, Terremoto. Tu me donnes le tournis.

Le rappel de son surnom frappa le jeune homme. Gardant les mains de Françoise dans les siennes, il la maintint à distance. Deux maternités l'avaient épanouie. Mais, depuis les événements, son mari, son travail terminé à la filature, fréquentait les auberges de Chantemerle et de Saint-Chaffrey. Dans les yeux de la jeune femme, Jacques décela une grande tendresse, un grand désarroi qui le bouleversèrent. Désormais, pour éviter une présence qu'il jugeait périlleuse, il se rendit de plus en plus souvent chez les cousins Lombard. Le petit Guillaume allait sur ses dix ans. Fort en latin, il rêvait toujours d'être prêtre. Il avait déjà décidé que, bien qu'il fût désigné comme l'héritier du domaine paternel, il en abandonnerait la jouissance à sa sœur Marie-Sophie.

Un matin, Terremoto substitua un habit bleu-vert à sa soutane, sella son cheval et s'en alla au petit trot retrouver son ami Honoré. La lumière du soleil se dissolvait dans un ciel d'un bleu si uni qu'il semblait avoir été moulé d'une seule pièce. Honoré lisait allongé sur une pelouse à l'ombre d'un pommier. En entendant les sabots du cheval, il se redressa.

— Jacques, quel bonheur de te voir !

— Pardonne-moi de ne pas t'avoir donné signe de vie depuis quelque temps. Quel tourbillon !

Mais le visage d'Honoré, malgré la joie qu'il disait ressentir, restait grave, comme s'il s'était concentré sur une idée désagréable.

— Les privilèges sont abolis. La France ne fera la guerre à personne, et mon cousin Lombard m'a affirmé que les récoltes seraient belles. Alors ?

— Alors ? Mon père sait des choses moins rassurantes. De Grenoble on annonce que la cour de Turin a rassemblé sept mille hommes sur la frontière de la Savoie. Motif officiel, empêcher le passage frauduleux du sel dans les États de Sa Majesté le roi de Sardaigne. En réalité, ce sont des préparatifs de guerre.

— Sept mille hommes ? A elles seules, les gardes nationales du Dauphiné peuvent en opposer quatre fois plus.

— Il y a plus grave. L'Assemblée a rédigé une espèce de Constitution civile du clergé. Il y aurait un siège épiscopal par département. Les citoyens éliraient les évêques et les curés. On supprimerait les bénéfices et le casuel. L'Etat prendra en charge les frais du culte. Peut-être les ecclésiastiques seront-ils obligés de prêter serment à ce texte abominable. Déjà la suppression des vœux perpétuels risque de détruire les vocations religieuses.

Honoré écarta les bras en signe d'impuissance. Jacques perçut en lui-même une inquiétude qui, très vite, se transforma en colère.

— Ni le roi ni le pape n'accepteront cette violation impie. Pas plus les prêtres que les évêques.

— Pour ma part, j'envisage de ne pas retourner au séminaire d'Embrun, qui risque d'être la cible de tous les athées. Je vais sans doute continuer ma théologie à Saint-Charles d'Avignon. Si le cœur t'en dit...

Jacques Ranson demeura stupide. A la fois attristé et irrité de ce projet, il se trouva incapable de surmonter son désarroi.

Au lieu de passer une semaine avec Honoré, il retourna à Chantemerle au bout de trois jours. Dans tous les milieux on commençait à parler de cette fameuse Constitution civile, dont on prévoyait l'application pour l'automne. Les aristocrates la condamnaient. Les patriotes l'approuvaient en grande majorité. Le curé Grange se rangea du côté de ces derniers. Jacques se sentait de plus en plus désemparé. La perspective de ne plus pouvoir entrer dans les ordres sans faire acte d'obéissance politique réduisait sa certitude religieuse. L'avenir lui apparut sombre et sans issue. Un matin d'octobre, profitant de ce qu'il était seul avec Françoise, il en fit sa maîtresse. Il se repentit très vite de son acte, mais il était trop tard.

Une semaine avant la rentrée, Jacques reçut une lettre de son ami Martinon lui confirmant qu'il ferait sa deuxième année de théologie en Avignon. Terremoto se résigna. Il prépara son départ pour Embrun. Là-bas, du moins, il pourrait se confesser et faire pénitence librement. Il emportait dans sa bourse, outre cinq écus de six francs, trois assignats de cinquante livres récemment imprimés en noir sur fond blanc. Le voisinage de ces deux monnaies lui inspira un symbole facile sur les temps qu'il vivait. D'un côté le séminaire, la vie intérieure, la tradition solide. De l'autre, le visage houleux de la Révolution. Terremoto respira profondément. L'essentiel était de rester fidèle à une certaine image de lui-même.

16

Au programme de la deuxième année de théologie figuraient les thèmes de l'incarnation et de la grâce. Mais les circonstances ne permirent pas à Terremoto d'approfondir ces points. Dès le mois de décembre, la Constitution civile du clergé fut mise en application. Dans le diocèse d'Embrun, presque tous les curés et vicaires prêtèrent le serment exigé. On les appela très vite les prêtres « jureurs » ou « assermentés ». Ceux que leur conscience empêchait de jurer furent peu nombreux. Jacques apprit par des lettres de sa famille que certains curés du Monêtier et celui de Saint-Chaffrey avaient prêté serment. Son oncle d'Aiguilles aussi; mais il devait se rétracter quelque temps plus tard.

La ville d'Embrun fut choisie comme siège de l'évêché. Néanmoins, au collège, régnait la consternation. Un matin de février 1791, le professeur de théologie parut devant ses élèves.

— Messieurs, ayez pitié d'un professeur qui ne vous demande qu'une grâce que vous pouvez facilement lui accorder. C'est, messieurs, de demeurer unis jusqu'à une décision positive du sort des ecclésiastiques.

Malgré les conseils de son confesseur, Terremoto regagna Chantemerle. S'il laissait à Embrun son frère Jean-Marie, lui-même était persuadé que jamais plus il ne retournerait dans cette ville.

Peu de temps après, Jacques reçut de son ami Honoré une lettre lui apprenant qu'il revenait au Monêtier, le collège Saint-Charles ayant été dissous. Ces nouvelles exaspérèrent tellement Terremoto qu'il ne put s'empêcher, le dimanche suivant, d'en prendre prétexte pour interpeller le curé Grange après l'avoir rejoint dans la sacristie, où il ôtait son étole et son surplis.

— Alors, monsieur le curé, que pensez-vous de la dissolution des collèges religieux ? Vous qui approuvez la Constitution civile, vous devez, si j'ose dire, être aux anges ?

Le ton sarcastique de Jacques mit le curé en colère.

— Mon jeune ami, je vous dirai d'abord que je n'ai pas encore prêté serment. Mon évêque m'a confié un poste, et...

— Quel évêque ? Le prélat actuel, élu et non nommé par le pape, c'est un ex-chanoine, qui fut aussi maire de Gap.

— Je ne quitterai pas mon poste sous prétexte

que je dépends d'un évêque constitutionnel. J'attends.

— Vous attendez quoi, monsieur le curé ?

— J'attends le prochain concile.

— Il n'est pas sûr qu'il se réunira.

— Seul le concile peut décider s'il y a schisme ou non. Ce sont des gens de votre espèce qui évoquent le schisme. Nous, nous ne parlons pas de séparation.

Terremoto, outré par la roublardise du curé Grange, jugea nécessaire de recourir à une formule définitive.

— En tout cas, monsieur le curé, du jour où vous prêterez serment à la Constitution civile, vous ne me compterez plus parmi vos fidèles.

Cette conversation eut pour effet de renforcer en Jacques la conviction que le règne de l'impiété allait venir. Les événements finirent par lui suggérer l'idée de quitter la France pour un pays voisin, le Piémont par exemple, où il pourrait achever tranquillement sa théologie. Par chance, Honoré Martinon lui révéla qu'il avait l'intention de solliciter de l'évêque de Suse une place dans son séminaire. Si Jacques le désirait, il pourrait le suivre. La fuite et l'arrestation du roi achevèrent de décider Terremoto.

Les deux amis furent acceptés dans le séminaire de Suse, ville du Piémont située près de la frontière, juste après le col de Montgenèvre. La rentrée aurait lieu à la Toussaint de 1791. Mais Honoré et Jacques, accompagnés d'un troisième séminariste, feraient un voyage de reconnaissance au mois de septembre.

Les trois amis partirent un dimanche matin, à pied. Par le Montgenèvre .et la vallée de la Doire Ripaire, ils gagnèrent Suse, ville étroite et longue bâtie sur cette rivière torrentueuse. L'évêque ne put les recevoir, mais on confirma à Jacques et à Honoré que leur place était réservée dans le séminaire, bâtiment vaste et solide, comptant de nombreuses cellules réparties de chaque côté des vestibules. Il s'appuyait à la cathédrale San Giustino, pourvue d'un campanile à pans coupés, de style roman lombard. A l'aplomb de l'abside s'élevait un autre clocher plus petit, mais de même forme. Les voûtes intérieures reposaient sur de gros piliers carrés dont les chapiteaux en vasque étaient ornés de sculptures variées. Honoré Martinon se déclara enchanté de la visite. Jacques ne dit rien. L'allure et la langue des habitants, les pentes qui enserraient la ville comme un étau, le rebutèrent.

Les voyageurs déjeunèrent à Saint-Ambroise, puis, continuant leur route d'un pas vif, ils arrivèrent à Rivoles, où ils dînèrent et prirent une voiture pour Turin.

La fin du voyage fut une succession de découvertes surprenantes. Mais, après avoir admiré les monuments et les hauts immeubles de Turin, Jacques décida de rejoindre directement Chantemerle.

17

Joseph, délaissant pour quelques jours sa quincaillerie, tint à accompagner son frère au séminaire de Suse. Tous deux partirent à cheval,
malgré le mauvais temps qui menaçait. Était-ce
la proximité de la Toussaint, ramenant la pensée
de tous les morts ? Bien que le supérieur du séminaire et ses adjoints eussent reçu Jacques avec
bonté, au moment où Joseph allait repartir,
emmenant derrière lui sa jument familière, le
séminariste ne put s'empêcher de pleurer, tout en
méditant sur ses propres convictions : « Je suis
presque un adulte, et je verse des larmes, alors
que les séparations que j'ai connues enfant me
laissaient presque insensible. Drôle de carcasse
que la mienne. Heureusement que j'ai le privilège de pouvoir continuer mes études en toute
sécurité. »

Cependant, dès le début des cours, Jacques fut surpris par leur médiocrité. Il ne supporta pas longtemps les méthodes qui aboutissaient à l'endormissement. Il commença à taquiner ses camarades sur leur ignorance et leur manque de sens critique. Sans méchanceté. Mais il perçut bientôt, sous l'évidente admiration de ses condisciples et de ses professeurs, une méfiance qui le fit souffrir. Il s'en ouvrit à Honoré. Ce dernier lui donna tort.

— Tu ne te rends pas compte que tu vexes tout le séminaire, élèves et professeurs, avec ta manière de leur faire la leçon.

— Ils en ont le plus grand besoin.

— Tu n'as pas la prétention de les changer ?

— Justement si.

— Le résultat, c'est que tu vas être mis au ban de la communauté. Ne sois pas excessif.

Jacques réfléchit, prit conscience de ses erreurs, fit intérieurement pénitence, et se conforma désormais aux principes qui régissaient le séminaire de Suse. Ses camarades piémontais furent définitivement conquis le jour où Jacques leur révéla pourquoi des journaliers de leur pays l'avaient surnommé Terremoto. Son assimilation au groupe fut totale quand il décida d'apprendre la langue qui, sur plus d'un point, rappelait le patois de sa province. Son frère Joseph lui apporta des papiers officiels en vertu desquels il put recevoir, quelque temps plus tard, la tonsure des mains de monseigneur Joseph François Ferraris de Genoule, évêque de Suse. Cette consécration plongea le nouvel abbé dans une méditation tourmentée. Allait-il se vouer définitivement à l'état ecclésiastique ? Il fut heureux, et fier, de servir la messe à la cathédrale San Giustino. Pourtant, chaque semaine, quand un frère spécialisé lui avait rafraîchi la tonsure, Jacques ne pouvait s'empêcher d'en reconnaître l'emplacement avec étonnement, comme si ce cercle dénudé appartenait à un étranger.

Vers le milieu du printemps, on apprit que la France avait déclaré la guerre au roi de Bohême et de Hongrie le 20 avril 1792. Jacques en fut surpris, malgré les rumeurs persistantes qui laissaient présager l'événement. De la Révolution, il avait surtout retenu comme élément positif qu'elle s'abstiendrait de toute action belliqueuse. Honoré, bien documenté par son père, lui expliqua que le roi souhaitait secrètement la guerre pour restaurer son pouvoir avec l'aide de l'étranger; les Feuillants la souhaitaient pour briser les factions de gauche; les Jacobins, pour consolider les conquêtes révolutionnaires. Seuls Barnave et Robespierre, bien qu'ils fussent adversaires politiques, redoutaient un conflit armé.

Jacques imagina la France envahie par les hordes autrichiennes et prussiennes, les femmes violées, les troupeaux pillés. Soudain, il manqua suffoquer, tellement l'amour de sa patrie, ou plutôt de sa province, se réveilla en lui avec une force incontrôlable. Dès cet instant, il décida de regagner la France le jour même des vacances, qui commençaient le dernier dimanche de juin. Ses supérieurs tentèrent de le dissuader. Plus de dix mille hommes de troupe, dont quatre cents canonniers, sardes et piémontais, venaient encore de passer par Suse pour défendre la Savoie, car on savait que les Français faisaient des préparatifs de guerre au fort Barreau. Jacques persista néanmoins dans son projet. La nouvelle que la guillotine avait fonctionné pour la première fois en France le 25 avril 1792 ne l'arrêta pas.

A sa grande stupéfaction, il retrouva sa famille divisée. Plus exactement, ses aînés, restés des républicains modérés, conservaient une certaine confiance dans le roi. Les derniers enfants n'avaient pas d'opinion. Jean-Marie, lui, professait sans se cacher des idées jacobines. Dès le premier soir, la discussion prit entre Jacques et lui un tour assez acerbe. Jean-Marie attaqua avec une ironie qui ne trompa personne.

— Alors, notre Terremoto est tonsuré ? Encore un peu et tu vas ressembler à un vautour.

— Si notre père était là, il serait sans doute ravi de t'entendre manifester des sentiments aussi familiaux.

— Ce n'est pas à toi de me faire la morale. Quand passes-tu réfractaire ?

— C'est déjà fait. Je n'ai aucune envie de me commettre avec la tourbe de ceux qui renient Dieu et veulent installer en France le règne du matérialisme.

— Pour ma part, je préfère Danton à Calonne.

Jacques tentait de maîtriser la colère qu'il sentait se former en lui. Devait-il tirer les oreilles de ce galopin frondeur ? Il préféra la modération.

Le lendemain, Terremoto reprit contact avec son

village, lui aussi partagé. Le curé Grange était passé « jureur » à la fin de l'hiver. En revanche, certains prêtres réfractaires, revenus à Chantemerle, continuaient à refuser tout sacerdoce officiel. Tandis qu'il jouait aux boules avec eux, Jacques prit part à leurs conversations. Il apprit ainsi qu'une loi récente avait été votée contre les déserteurs. Le 11 juillet, l'Assemblée avait décrété la patrie en danger. Les gardes nationaux venus de Marseille chantèrent le chant de guerre de l'armée du Rhin, qui fut appelé *la Marseillaise*. Quand on se mit à rafler les objets sacrés et qu'il fut interdit de dire des messes en dehors des églises, Terremoto laissa entendre qu'il avait prévu ces excès.

A la fin du mois d'août, la *Gazette de France* annonça que le duc de Brunswick avait investi Verdun, place située à moins de cinquante lieues de Paris. Cette nouvelle suscita l'enthousiasme des prêtres réfractaires réfugiés à Chantemerle. L'un d'eux interpella Jacques d'un ton véhément.

— Hein, mon cher Ranson, nous allons être bientôt tirés de notre exil et rendus à nos postes. Le duc de Brunswick approche de la capitale. Il a déjà remis sur son siège l'évêque de Verdun.

— Mon père, je crains que vous ne vous fassiez des illusions. Je pense que le peuple français, qui a tant souffert sous l'Ancien Régime, plus par la faute des privilégiés que par celle du roi, ne se laissera pas facilement écraser.

« Voilà que je défends la République », se disait-il en s'éloignant.

La *Gazette* ne dit rien des massacres de septembre qui firent plus de mille victimes parmi les suspects emprisonnés; mais elle décrivit l'état de la capitale : tocsin, canon d'alarme, rassemblement des citoyens au Champ-de-Mars. Cependant, quelques jours plus tard, les Français faisaient reculer les Prussiens à Valmy. Jacques eut le sentiment qu'une deuxième Révolution venait d'avoir lieu. Comme tous les modérés, ni lui ni son cousin Lombard ne votèrent pour adopter la Constitution républicaine. Désormais tout alla très vite. Le 22 septembre, la royauté fut abolie. Il fut décidé que l'an I de la république partirait de cette date. Peu de temps après, l'avancée des Piémontais sur Névache et le col de l'Échelle se fit plus pressante. Les gardes nationaux de Chantemerle durent renforcer les troupes qui partaient en couverture. Jacques entreprit de longues promenades sur sa jument pour échapper à la réquisition. A peine les Piémontais avaient-ils été contenus qu'arrivèrent les décrets de bannissement concernant les religieux insermentés. Terremoto se sentait incapable de dire ce qu'il aurait fait s'il avait été ordonné prêtre, en dépit de ce qu'il avait répondu à Jean-Marie. En même temps, les armées françaises attaquaient sur tous les fronts. Au mois de novembre, trente mille hommes envahirent la Savoie. La frontière du Piémont fut strictement fermée. Jacques comprit qu'il était désormais prisonnier d'une France qui ne lui convenait plus. Cependant, sous son angoisse il percevait une étrange impression de soulagement, comme s'il n'était plus responsable de son destin.

18

La servante Françoise reçut de son mari l'ordre de ne plus travailler chez les Ranson, à cause de leur attitude politique. Bien qu'il eût mauvaise conscience de ses amours, Jacques fut très affecté par ce départ. Quelque temps plus tard, l'on apprit que le mari en question s'était engagé dans les chasseurs alpins. Terremoto aurait souhaité faire reprendre Françoise comme servante. Il n'osa pas le proposer, pas plus qu'il n'eut le front de rendre visite à sa maîtresse, par crainte de trop la compromettre. Mais son humeur devint agressive. Un dimanche soir, il se libéra avec une violence qui stupéfia ses frères et ses sœurs assemblés.

— Le moment est venu de vous révéler que je renonce une fois pour toutes à la prêtrise.

Madeleine se ressaisit la première.

— Tu vas trop vite. Le cours des choses peut s'infléchir. Espère et attends.

Adélaïde renchérit.

— Ma sœur a raison. Les rouges ne tiendront plus très longtemps.

Un léger sifflement d'ironie se fit entendre. Jean-Marie témoignait ainsi sa désapprobation. Une telle manifestation, quelque discrète qu'elle fût, exaspéra Terremoto plus que les encouragements des autres. Il se mit à frapper la table du plat de ses mains.

— Non. C'est fini. *Terminato.* Plus de sacerdoce, plus de bréviaire, plus de soutane. Si, je la porterai encore un peu pour l'user, et par défi. Vous ne comprenez donc pas que j'en ai par-dessus la tête d'attendre, encore et toujours. J'ai sacrifié presque dix années de ma vie pour faire une carrière ecclésiastique et, quand je vais y parvenir, toutes les issues se ferment. Qu'on ne me parle plus de prêtrise. Je veux vivre, vivre, vivre...

La colère de Jacques s'intensifiait à chaque reprise du verbe vivre. Ayant décroché sa cape de drap, il sortit dans la nuit froide. De gros flocons de neige se plaquaient sur son visage. Il frappa chez ses cousins Lombard, qui veillaient dans la cuisine. Antoine lui ouvrit avec une exclamation de plaisir. Dès que Jacques se fut assis, tendant les mains vers les flammes jaune et bleu qui dansaient dans la cheminée, la petite Marie-Sophie lui déposa son abécédaire sur les genoux et le pria de la faire lire. Son air sérieux était renforcé par les deux nattes brunes qui lui tombaient plus bas que la ceinture. En Jacques se développa une certaine quiétude, qui lui apparut, pour le moment, seule capable de combler le vide créé par sa renonciation à la prêtrise.

Dans le courant du mois de janvier parvint à Chantemerle une nouvelle d'une gravité exceptionnelle. Elle faisait état d'une prochaine réquisition des jeunes gens par la Convention nationale. Cette menace accabla Jacques. Il s'établit, pendant quelques semaines, une atmosphère étrange. Si, les jours ordinaires, dominaient les plaisanteries, la danse, la dégustation du vin blanc acheté à l'auberge, en revanche, chaque dimanche, l'ancien séminariste, avec l'aide de Joseph et de Madeleine, chantait à haute voix la messe et les vêpres. Jean-Marie s'associait aux divertissements, mais le simulacre d'office religieux le mettait en fureur. Il s'en allait rôder autour des régiments en garnison à Briançon ou au Monêtier. C'est alors que survint l'événement qui parut à Jacques le comble de la barbarie.

Les papiers publics rapportaient que, depuis un mois, le sort de Louis XVI était en train de se jouer devant la Convention. Les extrémistes voulaient que le roi fût condamné à mort. *La Gazette nationale de la France* publiait des adresses de citoyens qui demandaient de faire tomber la tête du roi, appelé par Marat « Louis le dernier ». Les modérés inclinaient à maintenir Louis XVI en prison tout le temps que la patrie serait en danger, puis à le bannir de France. Le savant Condorcet était d'avis que l'on abolît au préalable la peine de mort. D'autres conventionnels proposaient de faire ratifier la condamnation par le peuple souverain. Dans la région, on attendait le verdict avec une angoisse mal contenue. L'avant-dernier jeudi de janvier 1793, Agathe revint de Briançon tard dans la soirée. Elle était allée aider son frère Joseph à la quincaillerie, car c'était le jour de marché. Quand leur jeune sœur franchit le porche d'entrée, Jacques et Jean-Marie furent frappés par sa pâleur.

— Qu'est-ce qui t'arrive ? Le trajet t'a fatiguée ?

— Non. J'ai l'habitude de marcher dans la neige. Mais si vous saviez...

— Quoi ?

— Ce matin, j'ai appris que le roi a été condamné à mort le 20 janvier dernier, et guillotiné le lendemain.

— Ce n'est pas possible.

— La nouvelle est arrivée par un courrier rapide.

Jacques restait immobile, suffoqué, le cœur contracté. Il crut qu'il allait s'effondrer sur lui-même. Agathe reprit la parole.

— Le roi, dit-on, est mort avec courage.

Comme s'il n'attendait que ce commentaire, Jacques, les mains plaquées sur ses oreilles, se précipita dans sa chambre et se jeta en pleurant sur son lit.

— Ils l'ont guillotiné. Ils ont osé. Sa tête a roulé dans le panier. Ils l'ont saigné et mutilé comme une bête. Quelle destinée ! Même si le roi avait commis ce que l'on tient pour des crimes, on pouvait lui infliger un châtiment plus digne de lui. Si le Seigneur voit cela d'en haut, il ne manquera pas de punir rigoureusement une telle cruauté.

Dans les jours qui suivirent, on apprit à Chantemerle que pas un député des Hautes-Alpes n'avait voté la peine capitale contre Louis XVI. Son exécution apparut aux yeux de Terremoto d'autant plus absurde qu'elle avait été décidée par 366 voix sur 721 votants, à peine la majorité. Elle représenta pour lui le symbole tragique des bouleversements qui commençaient à devenir effectifs dans l'Administration, la vie religieuse et même le calendrier. Elle entraîna en outre une coalition européenne contre la France. Sous l'impulsion de Lazare Carnot, la Convention décida une première levée en masse de trois cent mille hommes. Saint-Chaffrey dut fournir un contingent de dix-huit recrues, dont six seraient prises dans la communauté de Chantemerle. Les célibataires de dix-huit à vingt-cinq ans, qui avaient choisi, plutôt que le tirage au sort, la méthode de l'élection, se rassemblèrent à Saint-Chaffrey le jour de Pâques. Jacques, accompagné de son frère Joseph, encore en âge d'être réquisitionné, se rendit à la réunion en soutane. Le vêtement, outre qu'il fût à peine usé, lui donnait l'impression qu'il s'opposait à sa manière aux incroyants, de plus en plus nombreux. Quelques murmures, quelques ricanements accueillirent son apparition. Les frères Ranson ne se démontèrent pas. Ils étaient bien décidés à ne pas se laisser enrôler dans les armées de la République régicide. Leurs intrigues pour trouver des remplaçants furent longues et difficiles. Ils allaient d'un cercle à l'autre, usant d'arguments divers selon leurs interlocuteurs. A ceux qui étaient solides ils soulignaient leur propre faiblesse.

— Nous, avec nos jambes de coq et nos poitrines étroites, nous ferions de foutus soldats. Tandis que vous...

Joseph et Jacques ne craignirent pas d'employer la tentative de corruption.

— Toi qui aimes bien boire le coup, on te paiera une, voire deux tournées. On y ajoutera même un ou deux écus de six francs, pas des assignats. D'accord ?

Ils recoururent même en sourdine à la menace contre ceux qu'ils savaient timorés. Finalement, à la place des deux Ranson, l'assemblée désigna un sourd et un boiteux, que le district de Briançon refusa d'enrôler. C'est pourquoi, à la fin du mois d'avril, l'élection recommença; les intrigues aussi. Joseph et Jacques, bien que l'on sût qu'ils avaient à la maison des frères, et donc les moyens de se faire remplacer, réussirent de nouveau à gagner la majorité de la jeunesse pour échapper à l'enrôlement. Mais, le jour fixé pour la nomination des recrues, le frère de l'un de ceux qui avaient été substitués aux recrues désignées, boulanger à Briançon, fit irruption dans l'assemblée en brandissant une paire de pistolets, que l'on apprit plus tard n'être pas chargés. Ses menaces furent si violentes que l'élection de son frère fut cassée. Terremoto fut bel et bien inscrit parmi les soldats de la République. Joseph ne perdit pas de temps. Regagnant sa quincaillerie, il emmena Jacques avec lui à Briançon afin de lui trouver un remplaçant. On finit par découvrir un cordonnier qui venait d'être réformé parce qu'il était trop petit. Comme il était cependant robuste et bien fait, le district de Briançon l'accepta comme remplaçant du sieur Jacques Ranson.

L'alerte passée, Terremoto reprit une vie incertaine, partagée entre l'inquiétude du proche avenir et une activité religieuse où il tentait de puiser des motifs d'espérer. Mais espérer quoi ? Jacques imagina de composer de brefs sermons qui défendaient l'Écriture et attaquaient les philosophes de ce temps. Apprenant ces pratiques, le curé Grange exprima son indignation en pleine chaire.

— Ce qui se passe chez les Ranson est un scandale. Ils divisent le troupeau de Jésus-Christ; ils dressent autel contre autel; ils déchirent le sein de l'Église leur mère. Ils n'assistent plus aux offices avec nous. Ils ne participent plus aux sacrements. Ce sont des impies et des renégats. La vengeance de Dieu s'abattra bientôt sur eux.

La vengeance divine ne se manifesta pas. Par contre, les Ranson subirent celle des hommes. Le troisième dimanche où ils célébraient les offices à leur manière, une bande de jeunes gens, plus sous l'effet de l'excitation générale que par vraie hostilité, se mirent à crier sous la fenêtre de la chambre :

— A bas les hérétiques ! à bas les faux curés !

Le tumulte se renouvelant chaque semaine, les Ranson furent obligés de réciter à voix basse les textes rituels, pour éviter de se compromettre et d'être hués de nouveau. Alors, les plus turbulents guettèrent Terremoto quand il revenait de ses chevauchées. Un soir d'avril, quatre d'entre eux arrêtèrent sa jument à l'entrée du village, le contraignirent à ôter sa soutane et à la remettre à l'envers. Puis ils l'entraînèrent dans une ronde effrénée en chantant *la Carmagnole.*

— Ah ça ira, ça ira, ça ira. Les aristocrates à la lanterne... Allons, chante avec nous, curé... manqué... Les aristocrates on les pendra. Tant que tu ne chanteras pas, on te fera danser...

Malgré sa rage, Jacques se résigna à chanter; mais cet incident lui inspira des réflexions de plus en plus obsédantes. Il lui suffirait d'attendre le moment favorable pour passer la frontière. Les événements de France renforcèrent encore ses projets, l'empêchèrent de prendre conscience qu'il allait déserter, perdre peut-être à jamais sa famille et ses amis. Les dangers se multipliaient de toutes parts pour la Révolution : insurrection vendéenne, soulèvements de Lyon, de Marseille et de Toulon, mouvement fédéraliste qui contestait le pouvoir central. Mais un pays où, pour faire des explosifs, on extrayait du salpêtre en lavant les murs des caves était capable de tous les sursauts. Témoin le vainqueur de Valmy, le général Kellermann qui, ayant installé son quartier de commandement à Embrun depuis le mois de février 1793, contenait les incursions piémontaises en utilisant habilement les gardes nationales et l'armée régulière. Désemparé, Jacques finit par éprouver l'irrésistible besoin de revoir Françoise. Elle lui ouvrit sans empressement quand il frappa à sa porte.

— Je viens aux nouvelles. Qu'est-ce qui se

passe ? Tu ne m'aimes plus ? Si je t'embarrasse, au moins sois franche.

Françoise se croisa les bras sur son corsage noir.

— Il se passe que je vais divorcer et me remarier.

Cette nouvelle suscita chez Jacques des réactions contradictoires : il se sentait mortifié, un peu triste, et inexplicablement délivré d'il ne savait quoi.

— Félicitations. Avec qui ?

— Avec un paysan du Queyras, veuf, père de deux enfants. Un cousin éloigné du côté de ma tante, qui lui a parlé de moi.

— Un bel homme ?

— Pas mal. Surtout, je le crois dévoué. La Révolution n'a pas que du mauvais. Le divorce, par exemple.

Terremoto perçut l'intonation agressive. Le désarroi grandissait en lui. Le son de sa propre voix lui parvint comme un écho faussé.

— Eh bien, adieu ! Je te souhaite bien du bonheur.

— Merci. Adieu !

Jacques referma la porte en s'efforçant de ne pas céder à la furieuse envie qu'il avait de la fracasser. Mais, à mesure qu'il remontait vers la maison familiale, il sentait se développer en lui l'impression qu'il jouissait de nouveau d'une liberté aussi pure, aussi illimitée que le crépuscule qui emplissait la vallée.

19

Au début de juillet, des rumeurs commencèrent à circuler sur la fin prochaine de la république girondine, dirigée par Brissot, Condorcet et Vergniaud. On signalait en Savoie la présence de nombreux émigrés. Jacques, une fois encore, modéra les espoirs de ceux qui croyaient au rétablissement de l'Ancien Régime.

— Vous vous faites bien des illusions. La république est plus solide que vous ne pensez. De forts contingents assiègent Lyon que la Suisse, contrairement à sa promesse, ne vient pas assister. Marseille et Toulon sont dans la même situation. En Vendée, c'est pareil. En face des révolutionnaires, tous très enthousiastes, que voyons-nous ? des bourgeois qui jouent un double jeu, qui composent avec les révolutionnaires. De ce côté-là, la république n'est pas en danger.

Dans sa dernière phrase, Terremoto songeait particulièrement à des personnalités qui le décevaient : par exemple maître Martinon, le père de son cher Honoré, qui avait accepté le commandement du bataillon du Monêtier. Même son frère Joseph et son cousin Antoine Lombard continuaient à exercer des fonctions dans la garde nationale de Chantemerle, ce qui ne les empêchait pas de cacher leurs chevaux et leurs mulets, en principe réquisitionnés pour transporter de la poudre et de l'artillerie de Mont-Dauphin à Toulon. Les prévisions de Jacques commencèrent à se réaliser quand Robespierre eut remplacé Danton au Comité de salut public. Bientôt furent pris des décrets importants, entre autres une nouvelle levée en masse de troupes sans possibilité de remplacement. En attendant que ces décrets se répercutassent dans toute la France, la famille Ranson connut plusieurs mésaventures.

Depuis le début de l'été, Jean-Marie s'était lié avec un Français expulsé d'Espagne après que ce pays eut déclaré la guerre à la République. Agé de trente ans, beau parleur, cette espèce d'aventurier, originaire de la Salle, qu'il avait quittée depuis dix ans, ne possédant ni métier ni principes, avait pris une influence considérable sur le fils Ranson. Il affectait de mépriser son père, simple cultivateur, trop rustre pour lui. Son rêve était de repartir pour faire du commerce dans la région de Marseille. Jean-Marie eut l'imprudence de lui confier qu'il connaissait le secret du coffre où Joseph renfermait les écus d'or et d'argent qui constituaient la réserve de la quincaillerie. Le réfugié ne fut pas long à persuader son jeune ami qu'il pouvait sans scrupule prélever sur ce fonds la part d'héritage qui lui revenait. Le maire de « Chaffrey » — naguère Saint-Chaffrey —, habilement circonvenu, leur délivra un passeport grâce auquel ils purent s'en aller tranquillement.

Quand Joseph, revenant de Lyon deux jours plus tard, apprit la fuite des deux complices, il se précipita sur le coffre. Le vol lui apparut évident. Il manquait cinq cents livres en or et en argent.

— Les misérables... ils n'ont pas pris les assignats; ils ne sont pas fous. Que faire ?

Jacques haussa les épaules.

— Il n'y a rien à faire. Les gendarmes ont en ce moment bien d'autres soucis avec les vrais déserteurs. L'Éternel les punira.

En temps normal, le sort de Jean-Marie eût profondément attristé les Ranson. Mais eux-mêmes, comme tous les Français, subirent l'effet des décrets pris dans les semaines précédentes. Si la Terreur, décidée depuis le 5 septembre, se faisait peu sentir dans les Hautes-Alpes, en revanche il fallut se plier à la loi du maximum, qui bloquait les prix à leur niveau de 1790. Avertis la veille du marché où cette mesure devait être appliquée, les habitants de la campagne se ruèrent sur Briançon. Les commerçants qui avaient négligé ou refusé d'ouvrir leur magasin à l'heure fixée par le district, en virent la porte enfoncée. Eux-mêmes étaient saisis et emmenés en prison comme des aristocrates traîtres à la patrie. Une sentinelle payée par le propriétaire veillait à ne laisser entrer que deux acheteurs à la fois. Les toiles, les mousselines et les draps étaient enlevés au quart de leur valeur. La quincaillerie Ranson ne fut pas épargnée. Joseph dut céder à quarante sous la livre des quintaux de cuivre dont la livre se vendait huit francs au marché précédent.

Les obligations militaires devinrent pressantes. Dès la mi-septembre, il avait été convenu avec les autorités que le bataillon nouvellement levé serait affecté au département. Quand les Piémontais, pour faire diversion, s'avancèrent jusqu'à Aiguebelle, les communes du canton durent envoyer des contingents proportionnés à leur population sur la Ponsonnière, montagne située au-dessus du Lauzert, à trois bonnes lieues de Chantemerle. Jacques Ranson savait que le bataillon organisé dans chaque district serait réuni sous une bannière portant cette inscription : « Le peuple français debout contre les tyrans ». Il faillit refuser de partir avec son frère, comme lui réquisitionné. Joseph lui conseilla de patienter. Tous deux rejoignirent Le Monêtier, après avoir chargé leurs chevaux de provisions et d'un matelas. Cet objet excita la risée de leurs camarades.

— Foutus combattants que vous êtes. De vrais soldats n'ont pas à rechercher tant de commodités.

— Cela ne vous regarde pas. Si je pouvais, je mettrais ma maison sur un cheval.

Au Monêtier, les soldats reçurent des tentes, et des provisions pour cinq jours. La montée à la Ponsonnière fut pénible. Il faisait nuit ; la neige rendait les sentiers glissants; les fusils glaçaient les doigts. Une fois arrivés au campement, les Ranson installèrent tranquillement leurs matelas sous une tente; puis ils cherchèrent des remplaçants qui, moyennant quelques livres, accepteraient de monter la garde à leur place. Ils mangèrent de bon appétit tout en écoutant les contes anciens que débitaient les plus comédiens du groupe. Ni les Piémontais ni les Français ne tirèrent un seul coup de fusil.

Le lendemain matin, Jacques décida de descendre du côté de la Savoie, pour gagner un lieu que l'on appelait la montagne des Mottets, proche du Galibier. D'autres soldats s'y étaient rendus la veille pour y consommer des laitages. Terremoto, ayant prévenu son frère, emprunta le trajet difficile qu'on lui avait expliqué. La première ferme où il frappa lui réserva un accueil très hospitalier. On lui servit du jambon fumé, du lait chaud, du fromage séché. Lorsqu'il fut rassasié, la femme et le mari, âgés d'une cinquantaine d'années, comprenant à qui ils avaient affaire, entreprirent de discourir avec lui sur la Terreur, les dénonciations, la ruine de la religion. Jacques amusa beaucoup ses hôtes en leur révélant que cinq jours de fête seraient, à la fin de l'année, baptisés « sans-culottides ».

— Autrefois, à la même époque, on célébrait la naissance de Jésus-Christ. Maintenant, on montrera son...

La journée passa très vite. Soudain Jacques s'aperçut qu'avec le soir arrivaient des brouillards et une neige que le vent poussait déjà en tourbillons obliques. Il prit congé de ses hôtes. Sa marche devint de plus en plus difficile. Dès qu'il eut abordé les pentes qui menaient à la Ponsonnière, il fut incapable de décider s'il fallait prendre à droite ou à gauche. La brume descendait des hauteurs comme une silencieuse lave irrésistible. Le vent, dont croissait la violence, projetait la neige contre la figure de l'égaré, qui se surprit à invoquer la Sainte Vierge et qui, cédant bientôt à la panique, fit demi-tour pour profiter de ses dernières traces encore un peu visibles. Au bout d'un kilomètre, il entendit de grands cris qui semblaient venir des hauteurs. « Sans doute un berger », pensa-t-il. Étant parvenu à une gorge, Jacques se mit à courir, malgré la neige qui s'épaississait, de droite et de gauche. Soudain ses pieds glissèrent sur des casses d'où il eut le plus grand mal à se retirer en s'écorchant les mains et les genoux. La nuit devenait d'une densité terrifiante. Par chance le jeune homme distingua une faible lueur, celle de la maison où il avait passé la journée. Le fermier, tout surpris de le revoir, ranima le feu pour faire sécher ses habits et ses souliers trempés de neige. Jacques se réchauffait à moitié nu, devant la cheminée, quand de grands coups furent frappés à la porte. C'était son frère Joseph, qu'accompagnait une recrue de Chantemerle. Leurs manteaux étaient couverts d'une neige cristalline. L'aîné des Ranson ne prit pas le temps de s'asseoir ni de souffler.

— Malheureux, tu viens de m'exposer à périr avec notre camarade dans la tourmente. Quel enfantillage de ne pas se méfier de la montagne, la nuit, par mauvais temps. Tu aurais dû revenir alors qu'il faisait encore jour. Tu n'as pas entendu nos appels ?

— Si, mais j'ai cru que c'étaient des cris de berger.

— De berger ! Sans doute allait-il cueillir des myrtilles...

— Excuse-moi. A l'avenir, je serai plus prudent.

Le propriétaire leur servit du lait chaud, puis les envoya dormir sur une épaisse couche de foin. Le lendemain, le temps était moins couvert. Mais la neige tombée était si haute que les trois soldats en avaient au-dessus du genou. Au bas de la pente, les mêmes difficultés que la veille au soir se représentèrent. Jacques fit le plus gros du travail pour ouvrir la route. Lui et ses compagnons, à plusieurs reprises, glissèrent de trente à quarante pieds sur le cul. Enfin Terremoto crut avoir retrouvé le bon chemin sur la gauche. Il se mit à crier. D'autres clameurs lui répondirent. C'étaient les soldats de la Ponsonnière qui manifestaient leur présence.

Cette première et peu glorieuse expérience de la vie militaire confirma Jacques Ranson dans ses projets secrets. Peu de temps après son retour de la Ponsonnière, le décret de la deuxième levée en masse parvint officiellement dans le district. Cette fois, il ne s'agissait plus de défense locale. Les recrues pourraient être envoyées dans n'importe quelle région de France. Il n'était plus temps d'hésiter et Terremoto, un soir où la tempête de neige projetait sur les vitres des flocons d'une taille exceptionnelle, se laissa aller devant les siens à une crise de fureur qui, comme d'habitude, les stupéfia.

— Ma décision est prise. Jamais je n'accepterai de me battre contre des gens qui ne cherchent qu'à nous délivrer de la tyrannie révolutionnaire.

Il leva ses poings fermés vers le plafond de la pièce commune. Joseph, le front plissé, arrangeait les bûches dans la cheminée.

— Calme-toi, mon frère. Je comprends ta révolte. Mais tu devrais réfléchir aux suites fâcheuses que pourrait entraîner ton acte. Les lois sont de plus en plus rigoureuses contre les émigrés et les déserteurs. Tu sais que le directoire de Briançon a pris en avril dernier un décret contre les parents des jeunes gens disparus ou non recensés. Ceux-ci, en l'absence de vraie justification, seront réputés émigrés, et leurs familles tenues de verser quinze sols par jour aussi longtemps que durera la guerre. Sinon, leurs biens seront confisqués.

— Tu en parles à ton aise, toi. Tu as dépassé les vingt-cinq ans, tu n'es plus réquisitionnable, sauf dans la garde nationale. Pour moi, c'est tout réfléchi. Je n'ai jamais courbé le front sous quelque pouvoir que ce soit. J'ai l'intention de rester libre.

Heureusement, le lendemain de cette discussion, arriva à Chantemerle un correspondant de Joseph qui lui servait d'intermédiaire avec divers fabricants du Sud-Est. On lui parla du projet de Jacques. Aussitôt cet homme, qui voyageait beaucoup et apprenait de même, conseilla à l'intéressé de ne pas déserter avant d'être enrôlé dans un bataillon.

— Si vous êtes repris, vous serez fusillé, mais du moins ni votre famille ni votre patrimoine ne seront touchés.

Jacques se rangea à son avis. Comme sa convocation personnelle ne pouvait manquer de parvenir incessamment à la municipalité de Chantemerle, il décida d'organiser à la maison, avec les siens et la famille Lombard, une fête d'adieu. Il était désormais résolu à profiter de son enrôlement pour déserter. Au-delà de la frontière, il espérait trouver un pays accueillant où il pourrait vivre et s'épanouir avec une entière liberté.

20

Les recrues reçurent l'ordre de se rassembler à Briançon sur la place du quartier, à peu près à mi-hauteur de la Grande Gargouille. Les autorités, souhaitant impressionner la population par une espèce de défilé, firent faire demi-tour à droite à tous les jeunes gens, qui traversèrent la ville tambour battant et gagnèrent par la porte d'Embrun les champs couverts d'une couche de neige où l'on enfonçait jusqu'aux genoux. Répartis en trois longues files, les appelés commencèrent à murmurer contre une station qui se prolongeait à l'excès.

— Beau début pour le service militaire !

— Est-ce qu'on nous prend pour des betteraves qu'on va mettre en silo ?

Le général de La Vallette, que l'on disait avoir un caractère conciliant, passait devant les hommes muni d'un crayon et d'un cahier sur lequel il notait le nom et sans doute les qualités physiques de chacun. Les recrues sentaient le froid humide leur monter dans les jambes. Un des voisins de Jacques Ranson, se frictionnant les mains et les oreilles, se laissa aller à son irritation.

— Foutue république, tu nous fais souffrir avant même qu'on se soit battus !

Terremoto était assombri par l'attente et par la vue des murailles grises d'où dépassaient des toits surchargés de neige enserrant le clocher de l'abbatiale. Il allait renchérir sur l'exclamation de son camarade quand le général arriva devant lui. Il n'en exhala pas moins sa colère, qui le faisait piétiner et gesticuler.

— C'est parfaitement vrai. Mourir pour la patrie ne serait rien s'il ne fallait pas déjà se geler les pieds.

Le recensement terminé, le général de La Vallette renvoya les jeunes gens dans leurs foyers en leur enjoignant de se tenir prêts au premier avis de la municipalité.

Quelque temps après son retour à Chantemerle, Jacques reçut une lettre de Jean-Marie, qui racontait comment, ayant perdu ses marchandises achetées à bas prix en vertu de la loi du maximum, il avait été obligé de s'engager. Il participait à la phase ultime du siège de Toulon. Les combats étaient sévères, mais il fallait reconnaître le génie du jeune capitaine Bonaparte. De fait, la nouvelle que la ville avait été reprise aux coalisés fut annoncée à Briançon vers le temps de Noël 1793. Le district ordonna une grande fête, avec salves d'artillerie. A la même date, les papiers publics annoncèrent que l'insurrection de la Vendée était complètement réduite. Toutes les assemblées populaires retentirent d'airs patriotiques.

Bientôt arriva l'ordre qui invitait les huit recrues de Chantemerle à gagner Briançon avec armes et bagages pour y être incorporées à un dépôt du premier bataillon de chasseurs, qui était en garnison après avoir été décimé au siège de Toulon. Le premier geste de Jacques, désormais fixé sur son sort, fut de substituer à sa chevelure d'abbé une courte queue qui le faisait ressembler à un échappé d'hôpital. Prévoyant pour l'avenir des difficultés d'acheminement, il envisagea de se munir d'une importante somme d'argent. Le nouveau soldat mit des effets de rechange dans une sorte de havresac, et saisit son fusil. Alors son cousin Antoine Lombard entra pour lui apprendre que le village était plein de pleurs et de lamentations. Recrues, parents, voisins, tous s'étreignaient sans pouvoir se détacher les uns des autres. Jacques, ayant contemplé ces scènes depuis le porche, se sentit soudain désemparé. Dans la cuisine, ses frères et ses sœurs commençaient à gémir. Incapable d'affronter une séparation aussi déchirante, il gagna en courant les champs de l'Adret. De là, il perçut dans son entier la maison où il était né, où il avait joué, souffert et connu l'ennui, où il avait possédé pour la première fois Françoise, maintenant disparue, aussi morte pour lui que les êtres chers qu'emprisonnait la glaise. Il étouffait de chagrin. Enfin il put crier son désespoir.

— Adieu, mes sœurs ! adieu, mes frères ! adieu, mon foyer ! La Révolution me jette dans l'inconnu. Jamais plus je ne vous reverrai.

Finalement les huit recrues se regroupèrent et gagnèrent Briançon par une route où les convois avaient tassé la neige. Terremoto se lia avec un certain Pierre Lombard, cousin éloigné d'Antoine, qui habitait sur les hauteurs de Chaffrey. Tous les nouveaux requis furent logés dans les casernes glacées. Ils dormirent mal, sur des paillasses où les plus favorisés étendirent des couvertures. Le lendemain eut lieu le rassemblement général, au son du tambour, sur la place du quartier. Dans chacune des trois files, les officiers du bataillon choisirent les hommes dont ils avaient besoin pour reformer leurs compagnies délabrées au siège de Toulon. La jeunesse d'une même commune se tenait étroitement unie pour être mise ensemble. A peine un officier avait-il pris d'un côté un certain nombre de recrues que tout le reste de leurs camarades suivait en se tenant par le bras. Les gradés durent crier et menacer pour mettre un terme à ce manège. Jacques réussit à se faire inscrire dans la même compagnie que Pierre Lombard. Il fallut alors nommer les bas officiers qui manquaient. Terremoto pouvait aspirer à être nommé au moins caporal, étant donné son degré d'instruction. Il jugea que ce grade pouvait servir son projet de désertion. Il eut la chance d'être soutenu par le commandant du bataillon, un ancien contrebandier, qui lui demanda s'il était parent d'Antoine Lombard, avec lequel il avait naguère voyagé. En outre, la plupart des chasseurs étaient de La Grave. Jacques leur distribua habilement des largesses. Au moment du vote, le commandant suggéra que le citoyen Ranson méritait bien un grade. Tous se prononcèrent en sa faveur.

Les compagnies une fois organisées, une ferme discipline militaire entra en vigueur. Les nouveaux soldats apprirent à manœuvrer, à courir tête baissée pour éviter les balles ennemies, et surtout à recharger rapidement leur fusil. Les bas officiers qui avaient participé au siège de Toulon se montraient d'excellents instructeurs. S'il ne s'était pas agi de soutenir la Révolution, Jacques aurait pris un profond plaisir à cette existence rude, mais saine, qui lui rappelait le régime de Sparte. La vie religieuse se limitait pour lui à réciter, les dimanches et les jours de fête, l'ordinaire de la messe dans les champs voisins avec Pierre Lombard. De temps en temps il passait embrasser Joseph et Adélaïde à la quincaillerie. Une douzaine de jours s'écoulèrent ainsi, à peine troublés par les rares nouvelles qui parvenaient au cantonnement. On apprit que les armées françaises allaient continuer leur offensive au Nord et à l'Est. A Paris, Robespierre menaçait d'exterminer les hébertistes et les modérés, qu'il accusait d'être dirigés par le parti étranger. Terremoto obtint une seule fois l'autorisation d'emmener à Chantemerle les camarades qui l'avaient élu caporal. A peine la bande fut-elle de retour à Briançon que l'on commença à murmurer que le bataillon devait quitter la ville pour gagner le fort de Montlion — ex-Mont-Dauphin —, distant de cinq lieues. Quarante-huit heures plus tard, les soldats furent avertis à l'ordre du jour de se tenir prêts pour le lendemain. Jacques s'acheta un havresac plus solide et plus grand que le sien, puis il envoya à sa famille une lettre d'adieu. A mesure qu'il écrivait, les pressentiments les plus sinistres l'envahissaient. Joseph, lui aussi prévenu, décida d'assister au départ de son frère.

Le bataillon se mit en marche. La présence des combattants aguerris empêcha les recrues de se lamenter de nouveau comme des femmelettes. Jacques marchait en serre-file à la queue de la colonne. Joseph suivait à un mètre, bouleversé. Après un dernier arrêt à Saint-Blaise, village situé sur la Durance à une demi-lieue de Briançon, les deux frères s'étreignirent, suffoquant de chagrin. Le roulement des tambours les éloigna l'un de l'autre, lentement, mais inexorablement.

La forteresse de Montlion était bâtie sur un plateau exposé à tous les vents, qui dominait sur deux de ses faces le confluent de la Durance et du Guil. Jacques pensa que ce torrent remontait jusqu'au bourg d'Aiguilles, où il avait passé deux années rudes et troubles près de son grand-oncle le curé Jean Ranson. Ce dernier, après avoir prêté serment à la Constitution civile du clergé, s'était rétracté et, croyait-on savoir, avait trouvé refuge en Piémont. Terremoto s'en trouva confirmé dans ses projets; mais il se garda bien d'en parler à qui que ce fût, même à Pierre Lombard. Quelques jours après leur installation au cantonnement, les soldats virent arriver quatre charrettes chargées de sabots d'Auvergne lourds et massifs, destinés à remplacer les souliers détériorés par les marches dans la neige. Les chaussures de bois se terminaient à l'avant en pointe relevée qui, dit un plaisantin, menaçait le ciel, lequel le méritait bien. Malgré la résistance des recrues, les officiers les contraignirent à chausser les sabots pour faire les marches et les manœuvres. Il n'y eut qu'une expérience. Après une matinée d'exercice, les soldats revinrent au cantonnement avec des sabots ensanglantés. Sans prendre le temps de déposer leurs sacs et leurs fusils, ils fracassèrent leurs sabots sur les murs édifiés par Vauban. Les officiers furent tellement surpris par cette colère collective qu'ils ne prirent aucune sanction. Les débris des sabots servirent à faire cuire la soupe et la viande pendant presque une quinzaine. Il fut décidé que l'on commanderait à tous les cordonniers de la région de confectionner et de livrer le plus tôt possible des souliers pour l'ensemble du bataillon. En attendant, les soldats remettraient leurs anciennes chaussures.

Un épisode très désagréable renforça encore la détermination de Terremoto. Comme il était allé rendre visite en fraude à un ami de Pierre Lombard, à quatre lieues de Montlion, en compagnie de son camarade, les deux complices furent interceptés par la garde au moment où ils regagnaient le fort. Ils retrouvèrent dans le cachot quelques jeunes Briançonnais trop insolents et des meneurs qui, la semaine précédente, avaient pillé et revendu des objets sacrés de quelques églises. Ces derniers avaient imaginé d'imposer toutes les deux heures une contribution de cinq sols à chacun des détenus. Ceux qui refusaient, ils les saisissaient à quatre par les bras et les jambes pour leur infliger la « culade » sur une grosse pierre. Une telle pratique poussa immédiatement Jacques à cacher son portefeuille sous le lit de camp qui servait aux prisonniers. Il ne garda que quelques pièces de monnaie, bien décidé à les lâcher seulement en dernière extrémité. Le chef des meneurs, grand et puissant, s'approcha de lui.

— Tu t'appelles comment ?

— Jacques Ranson.

— Tu as une gueule de curé. Tu es d'où ?

— De Chantemerle, près de Briançon.

— Toi aussi ! Les Briançonnais sont des gars généreux. Tu ne veux pas nous donner une petite contribution ?

Le tutoiement indisposait Terremoto autant que la sommation.

— Pas le moindre sol. Vous n'êtes pas contrôleur des finances, que je sache.

— Non, mais on va te contrôler le cul. Les gars, au travail.

Quatre hommes saisirent le réfractaire par les bras et les jambes, l'élevèrent au-dessus de la pierre et voulurent lui donner la culade. Mais, quand Jacques se vit près d'être choqué, il ploya le corps en son milieu pour éviter la meurtrissure. De nouveaux essais furent infructueux. Menaces et conseils se mêlèrent dans le cachot.

— Bougre de caporal, inutile de te montrer méchant ! Nous finirons bien par te réduire.

— Citoyen Ranson, donnez-leur quelque chose.

— Non, non et non !

La culade recommença. Sentant ses forces diminuer, Jacques consentit à lâcher ses pièces de monnaie qui, avec celles des autres, alimenteraient quelques ribotes au village. Les Briançonnais dissuadèrent la nouvelle victime d'aller se plaindre aux officiers, disant que les gradés ne valaient pas mieux que les simples soldats.

Après trois mois de séjour à Montlion, le bataillon fut transféré à Embrun, où l'on distribua aux hommes de superbes fusils neufs qui, dès le premier exercice de tir, se révélèrent faits d'un métal trop mince. Plusieurs éclatèrent au visage des instructeurs. On remplaça ces armes fragiles par des fusils anciens, mais robustes, que l'on fit venir d'autres dépôts. Un mois plus tard, le premier bataillon de chasseurs reçut l'ordre de se rendre au Grand Villard, près de Briançon, pour entrer en campagne contre les Piémontais. Effectivement, à peine deux semaines s'étaient-elles écoulées que l'ordre vint d'attaquer Cesanna-Torinese à partir de Clavières, premier village situé en Piémont. Avant l'assaut, les officiers firent boire aux hommes de l'eau-de-vie, où l'on avait jeté de la poudre à canon pour enflammer, disait-on, les courages. Terremoto prit soin de verser à terre sa ration. Du reste, il ne participa point à l'attaque de Cesanna, car il resta de garde à Clavières. Les Français, se battant avec rage, chassèrent les Piémontais, les refoulèrent dans la vallée de la Doire Ripaire. On enleva une grande quantité de bestiaux que l'on fit emmener à Briançon.

Après les succès en Piémont, le bataillon revint au Grand-Villard afin de préparer le départ pour Mirabouc, petit fort situé à la sortie du Queyras, enlevé aux ennemis par surprise, ou par la trahison du commandant. Jacques profita de la proximité de Briançon pour se rendre dans sa famille et se munir d'une nouvelle somme d'argent. Constatant son obstination à vouloir déserter, Joseph et le cousin Lombard lui remirent seize louis d'or qu'il devrait partager avec son grand-oncle Jean Ranson, que l'on savait maintenant réfugié dans un couvent de capucins proche de Turin. Après avoir cousu les pièces dans ses habits, Jacques s'enquit des nouvelles. A Paris, Robespierre avait fait guillotiner les hébertistes le 24 mars, et, quinze jours plus tard, les modérés, Danton en premier, qui avait refusé de fuir ou de plaider sa cause. Il était grand temps de quitter la France. Les dernières images qu'emporta Jacques furent celle du jeune Guillaume Lombard, qui s'affirmait dans sa vocation d'ecclésiastique, et celle de Marie-Sophie, à qui ses nattes brunes donnaient un air de madone.

Le bataillon traversa le Queyras en empruntant le col d'Izoard, encore encombré de neige, bien qu'on fût à la fin d'avril. Une fois atteint le revers de la montagne, il fallut se laisser glisser sur le derrière le long d'une pente très raide, parmi les amas de neige où plusieurs chasseurs restèrent ensevelis. On arriva à Arvieux dans la soirée. Les officiers ne distribuèrent pas de billets de logement. Chacun s'installa au hasard dans les maisons du village. Terremoto eut la chance de découvrir une écurie sans paille, mais rendue tiède par la présence des bêtes. A peine fut-il endormi qu'une vache lui passa sur le visage sa langue râpeuse. Le lendemain, de grand matin, le tambour battit le rassemblement. Au moment de partir, Jacques fut incapable de retrouver son fusil. Il fut obligé de rester sans arme à la queue du bataillon. Son lieutenant s'approcha de lui.

— Et ton fusil, caporal, qu'en as-tu fait ?

— Je n'ai pas pu le récupérer dans l'écurie où j'ai dormi. C'est un paysan qui me l'a volé. Ou alors c'est une vache qui l'a mangé.

— Fais attention à ce que tu dis, mauvais soldat, foutu soldat.

— Si je suis un mauvais soldat, que la République en cherche un autre. Je ne suis pas né pour faire un aussi sale métier.

Le lieutenant n'insista pas. Le bataillon, suivant la vallée du Guil, traversa Château-Queyras, Aiguilles et Abriès, avant de faire halte à Ristolas. La traversée d'Aiguilles affermit encore la résolution de Jacques.

— Si j'arrive à retrouver à Turin mon grand-oncle, il sera fier de voir que sa rude éducation a porté ses fruits. Je sens que je ne vais pas tarder à mettre la frontière entre la République et moi.

Pour atteindre Mirabouc, il fallait une fois encore se laisser glisser sur une forte pente glacée. Certains soldats, saisis de vertige, refusaient l'opération. Alors les bas officiers les empoignèrent et les assirent de force sur la glace, puis les lancèrent avec d'énormes jurons en bas de la descente, où ils arrivèrent cul par-dessus tête, le fusil d'un côté, le havresac de l'autre. La perte de son arme tracassait Terremoto. Non qu'il eût l'intention de s'en servir, mais, ainsi démuni, il pouvait devenir suspect. Il finit par rencontrer un petit jeune homme bizarrement accoutré, mi-civil, mi-soldat, qu'il savait être le fils d'un officier, et qui possédait un fusil. Jacques lui fit compliment de sa tenue et, sous prétexte de l'admirer de plus près, lui prit son arme.

— Dites-moi, vous paraissez bien jeune pour avoir une aussi belle espingole. Elle sera bien mieux dans mes mains. Vous permettez ?

Sans attendre la réponse, Terremoto s'éloigna rapidement, suivi de l'adolescent qui pleurait et menaçait de tout dire à son père. L'affaire n'eut pas de suites. Les opérations militaires se limitaient à maintenir des sentinelles sur les crêtes d'où l'on apercevait les positions piémontaises. Le gros du corps de garde logeait dans des cabanes perdues au milieu des rochers. Dans la journée, les chasseurs enlevaient des moutons qu'ils égorgeaient, dépeçaient et faisaient cuire en les suspendant avec des ficelles au-dessus de grands feux. La graisse fondant et tombant dans les brasiers, il ne restait que des morceaux noirs et coriaces, que les soldats n'en dévoraient pas moins avec appétit. Un soir, Jacques fut requis pour aller relever une sentinelle au milieu de casses et de roches dont l'enchevêtrement faisait penser à un cataclysme. L'endroit était réputé dangereux. Terremoto commença par refuser. Un bas officier intervint.

— Qu'est-ce que j'entends ? Un caporal qui ne veut pas obéir ? Graine de ci-devant, hein ? Si tu te défiles, je te fais fusiller à l'aube.

Le récalcitrant comprit que son supérieur ne plaisantait pas. Il fut obligé de se hisser sur la crête en question, que les ténèbres rendaient encore plus inaccessible. Quelques jours plus tard, le même bas officier l'envoya avec dix hommes monter la garde presque en vue de l'ennemi, à la cime d'une montagne escarpée. La nuit fut terrible. Les hommes recherchaient les pans de rocher pour s'abriter un peu de la tempête. Au matin, le vent emporta au bas de la montage la marmite, la soupe, la viande et le foyer. Quelques hommes furent même renversés ou projetés à distance. Le lendemain, le soleil revint. De toutes parts surgissaient des sommets couverts d'une neige éblouissante. Jacques prit alors la décision de fuir ce jour-là. Quand, à midi, les hommes eurent regagné leurs cabanes, il s'arrangea pour associer Pierre Lombard à ses préparatifs. Son ami lui exprima son désaccord.

— Jacques, ton projet est insensé. Tu sais bien que de nombreuses patrouilles battent la montagne face aux avant-postes ennemis. Tu cours le plus grand risque d'être arrêté, fouillé, convaincu de projet de désertion, et fusillé sur-le-champ.

— Je suis sûr que je réussirai. Je te remets mon portefeuille. Il contient mille assignats. Tu le feras parvenir à mon frère Joseph. J'y ajoute cent cinquante assignats pour toi. Maintenant embrassons-nous.

Terremoto enleva ses habits, se mit sur le corps

une deuxième chemise, prit une autre paire de bas et deux mouchoirs supplémentaires. Il ajouta dans son havresac du pain rassis et un morceau de fromage sec. Puis il sortit de la cabane, laissant son fusil.

— Mon ange gardien, vous saint Jacques mon patron, vous Vierge Marie, protégez mon entreprise.

Une forte colonne de chasseurs se dirigeait vers la dernière colline située en face des Piémontais. Jacques se mit à la suivre comme par curiosité, s'attardant, jetant des pierres à droite et à gauche pour éviter qu'on ne le soupçonnât. Comme les chasseurs allaient atteindre le sommet de la colline, il se baissa, courba la tête, et s'enfila dans d'épaisses broussailles, où il se cacha jusqu'à ce que la colonne eût achevé sa manœuvre et fût retournée par le même chemin. Alors, après avoir laissé passer un temps qui lui parut interminable, Terremoto, le cœur battant à coups rapides et violents, se dirigea, à travers les broussailles, vers le sommet de la colline d'où il put apercevoir distinctement les sentinelles postées à droite et à gauche sur les hauteurs. Il jeta un dernier regard sur les cabanes et les Français qu'il venait de quitter. Une émotion, une force considérables se développèrent en lui. Il fit le signe de la croix et fonça tête baissée en sautant d'une pierre à l'autre. Un ruisseau coulait plus bas. Sur la droite, un petit pont permettait de gagner la colline où se tenaient les ennemis. Jacques, couvert de sueur, les jambes fauchées par l'angoisse, se demanda un instant s'il n'allait pas faire volte-face. Son obstination l'emporta. Il s'était juré de déserter, ce n'était pas le moment de flancher. Pour se conforter, il commença à manger un morceau du pain qu'il avait mis dans son havresac. Mais, soudain, il entendit des coups de feu. Le sifflement des balles lui fit comprendre que l'on tirait sur lui. Un projectile lui frôla même les cheveux. Alors il se précipita vers le pont, le franchit, cependant que le pain lui bloquait la gorge comme un caillou. A cent pas de lui, les Piémontais, cachés par des arbres auxquels ils appuyaient leurs fusils, les tournaient dans sa direction à mesure qu'il avançait. Se jugeant perdu, il éleva les bras en criant :

— Déserteur ! déserteur ! ne me tirez pas dessus !

Les Piémontais abaissèrent leurs armes et le laissèrent arriver jusqu'à eux. Dans un mélange de français et d'italien, il se plaignit de leur conduite envers un homme qui leur faisait confiance. Un des soldats se détacha du groupe.

— Ne te fatigue pas à baragouiner. Je parle français aussi bien que toi.

Terremoto, spontanément, offrit à l'interlocuteur qui l'accueillait un petit couteau à manche de corne. L'autre lui serra la main.

21

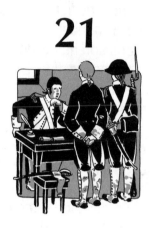

Deux Piémontais en veste verte et culotte blanche, encadrant Jacques, l'emmenèrent devant leur capitaine. Après lui avoir indiqué son nom, son âge et son origine, le déserteur regretta que ses hommes eussent fait feu sur lui alors qu'il se préparait à les rejoindre. Le capitaine, dont le visage grave s'ornait d'une forte moustache, haussa les épaules.

— Mon ami, vous avez malheureusement eu affaire à de nouvelles recrues, encore mal disciplinées. Ce sont d'ailleurs des protestants, des vaudois ou barbets, qui sont tellement rustres qu'ils cherchent à tuer tous ceux qui leur tombent sous la main pour les dépouiller de ce qu'ils ont. C'est miracle qu'ils n'aient pas fait de vous un beau cadavre. Quand j'aurai fait mon rapport, je vous ferai conduire au quartier général, qui est au

Villard, à mi-chemin de Pignerol. Vous voyez ?

— Je vois, capitaine. Il y a quelques années, j'ai parcouru cette région.

— Parfait. Voyons. Aujourd'hui, 23 mai 1794, s'est présenté à nos avant-postes un déserteur nommé Jacques Ranson.

Le lendemain, après une nuit relativement calme, Terremoto partit pour le Villard sous la garde de deux autres soldats. Là, le général piémontais et ses officiers l'interrogèrent longuement sur l'état, les positions et les forces des Français installés dans le secteur de Mirabouc. Jacques répondit le plus véridiquement qu'il put. L'attitude du général semblait indiquer que ses propres renseignements correspondaient à ceux du déserteur. Un officier lui posa une question plus difficile.

— Que se passe-t-il en France ?

Jacques réfléchit quelques secondes. Il se décida à parler en toute sincérité.

— Je ne puis parler que de ma province. Les gens n'y souffrent pas trop de la faim, et ne sont pas guillotinés en masse. Seuls les prêtres et les croyants sont quelque peu persécutés. Le patriotisme est dans l'ensemble assez vivace.

— Pourquoi avez-vous déserté ?

— Justement parce que la liberté religieuse, pour moi essentielle, n'existe plus. Voici d'ailleurs mes papiers, qui établissent que j'ai fait des études théologiques à Suse, où j'ai été tonsuré.

Les certificats de Jacques firent grande impression. Néanmoins un sergent le fit entrer dans une petite pièce où il le fouilla complètement, jusque dans ses souliers. Il ne trouva que d'autres papiers insignifiants, et les louis d'or cousus dans les doublures.

Deux jours plus tard, on conduisit Jacques à Pignerol, où se trouvait le grand quartier général de la province. Un officier l'amena dans la chambre de Victor-Emmanuel, duc de Savoie, qui lui posa les mêmes questions qu'au Villard. Le prince, qui portait une barbe taillée en pointe, avait un air de grande bonté. Terremoto répéta ce qu'il savait, puis, mis en confiance, il rappela au roi qu'il avait servi pour lui deux ou trois fois la messe au séminaire de Suse. L'entrevue terminée, les officiers demandèrent à Jacques Ranson ce qu'il comptait faire. Son instinct lui dicta une réponse prudente.

— Mon seul désir est de retourner à Suse pour y achever ma théologie et entrer dans l'état ecclésiastique. Ce fut toujours ma vocation et ma destination.

Un officier fronça les sourcils.

— Ce n'est pas le moment de se faire prêtre. Vous ferez bien de renoncer provisoirement à votre projet et de servir en attendant dans un corps d'émigrés et de déserteurs français. Chez nous, les étrangers ne sont enrôlés que pour un an, après quoi ils peuvent faire ce qu'ils veulent et aller où bon leur semble. Ce corps est à Coni. Nous allons vous y faire accompagner.

Jacques n'osa pas résister à cette prescription. Il tenta d'utiliser un biais qui lui parut devoir être efficace.

— Pouvez-vous m'accorder un passeport de cinq à six jours pour que j'aille à Turin trouver mon grand-oncle, ecclésiastique, qui s'y est réfugié depuis sa déportation de France ? J'ai de l'argent à lui remettre.

— Louable mission. Vous n'aurez qu'à demander ce passeport quand vous serez arrivé à Coni.

Jacques, toujours escorté de deux soldats, partit le jour même pour Coni, agglomération située à une quinzaine de lieues de Pignerol. Par chance, le printemps éclatait partout, dans les champs et sur les pentes, en taches vertes entre lesquelles circulait un air léger. Quand il arriva à Coni, on lui apprit qu'il n'y avait dans cette ville qu'un dépôt du corps franc étranger, que tout le reste du bataillon était à se battre contre les Français à trois ou quatre lieues de là, vers le col de Tende. Jacques réfléchit : « Je ne veux pas faire la guerre pour le compte de la Révolution, mais je ne veux pas non plus tirer sur mes compatriotes. Le plus simple est que je m'adresse à l'évêque de Suse. Il me délivrera de ce piège. »

Après avoir écrit à monseigneur Ferraris de Genoule, Jacques se rappela brusquement que le père Rossignol, brillant jésuite qu'il avait connu naguère à Embrun, résidait maintenant à Turin, où il avait la confiance de la cour et des ministres du roi. Cette relation, dont il fit état, lui permit d'obtenir un lassez-passer de six jours.

Arrivé à Turin, Terremoto se rendit au couvent des capucins où devait se trouver son grand-oncle. Mais le curé Jean Ranson n'y était plus. Quelques jours auparavant, le gouvernement sarde avait fait sortir du Piémont tous les prêtres français réfugiés pour faire place aux prêtres savoyards qu'avait chassés l'invasion des troupes républicaines. Jacques, gardant les louis d'or qu'il devait remettre à son parent, s'en alla chercher dans Turin le père Rossignol. Ce dernier habitait dans un superbe palais de la place Saint-Charles, où il élevait les enfants d'un noble Piémontais. La vue du père jésuite remua l'ancien séminariste d'Embrun. Il lui représenta la situation embarrassante où il se débattait. Le père le consola, l'exhorta à ne pas perdre courage, et l'assura qu'il allait tout de suite travailler à lui obtenir l'exemption de service qu'il souhaitait. Jacques regagna Coni un peu moins désespéré.

La première fois qu'il revêtit l'uniforme piémontais, Terremoto ressentit un malaise difficile à surmonter. C'est alors qu'on l'envoya, avec d'autres déserteurs, au village de Roccavion, d'où l'on distinguait les avant-postes des Français. Les hommes durent bivouaquer sur la terre humide, sans tentes ni couvertures. Ne se croyant pas vraiment astreint à la discipline piémontaise, Terremoto, une nuit qu'il pleuvait trop, décida d'aller chercher asile en bas dans le village, pour dormir sur de la paille. Le lendemain, quand il revint au bivouac, il fut arrêté et, à titre de sanction, ligoté pendant six heures à un arbre. On prévoyait une attaque des Français; chacun devait rester à son poste.

L'assaut attendu ne tarda guère. De grand matin les Français s'élancèrent au pas de charge. Le choc fut si violent que le sous-lieutenant qui commandait la compagnie se mit à pâlir.

Jacques s'empressa de creuser un trou pour y

cacher les papiers qui, en cas de capture, l'auraient fait reconnaître comme Français et fusiller sur-le-champ. De toute façon, il était de plus en plus décidé à ne pas tirer un seul coup de feu sur les hommes qui étaient peut-être originaires du Briançonnais. Les Piémontais, trop peu nombreux, reçurent l'ordre de se retirer. Mais déjà une autre colonne française, montant par-derrière, avait investi Roccavion. Il fallut traverser le village sous des feux croisés. Jacques entendit siffler les balles. Comme lors de sa désertion, l'une d'elles lui effleura le crâne et s'aplatit avec bruit contre une muraille à droite. La retraite des Piémontais s'accéléra. Certains faillirent se noyer dans de grands canaux pleins d'eau, que Terremoto franchit avec agilité. Alors se présenta une rivière en crue dont l'unique pont était à moitié consumé. Jacques se hasarda sur une poutre fumante et réussit à atteindre l'autre rive en se cramponnant à la veste d'un Piémontais plus puissant que lui. La rivière franchie, le commandant ordonna de faire volte-face pour arrêter les Français qui, visiblement, voulaient passer à leur tour. Déjà ils occupaient les hauteurs de Roccavion que l'on venait d'abandonner. Bientôt des boulets s'abattirent sur la forêt où s'étaient retranchés les Piémontais. Jacques distinguait nettement la fumée du canon qui tirait. A chaque départ de coup, il se collait le ventre au sol spongieux. Les deux armées restèrent sur leurs positions plusieurs jours, sans cesser de se harceler de coups de fusil et de tromblon. Puis les Piémontais regagnèrent le village de Saint-Dalmas. Là les émigrés apprirent que Robespierre avait été exécuté le 28 juillet. Jacques fut à peine ému par cette nouvelle. De Saint-Dalmas il envoyait lettre sur lettre à l'évêque de Suse et au père Rossignol. Le congé qu'il sollicitait arriva enfin le 17 août 1794. C'était une grâce exceptionnelle, que le roi de Piémont-Sardaigne n'accordait même pas, en cette période de guerre désastreuse pour le Piémont, aux plus hauts nobles du pays. Le commandant du bataillon fit appeler Jacques Ranson. Son habit était encore criblé des balles qu'il avait reçues lors de la défaite de Roccavion. Sa voix était courtoise, mais ferme.

— Monsieur l'abbé, voici le papier que vous attendiez. Allez prier pour nous.

Terremoto crut discerner dans cette phrase, et dans l'imperceptible sourire qui la suivit, une nuance de sarcasme. Il ne s'y arrêta guère. Une joie intense le soulevait, presque animale. A Coni, il remplaça ses habits militaires par une soutane un peu usagée que lui fournit un prêtre. Puis il prit la route de Turin, à pied, se laissant pénétrer par la silencieuse explosion de la nature. Jamais les fleurs et les arbres ne lui étaient apparus avec autant d'évidence comme les signes de la Création. Les troupes et le matériel qu'il rencontrait appartenaient à un monde qui n'était plus le sien. A Turin, Jacques se rendit au ministère de la Guerre, où il prit de nouveaux papiers qui le remettaient « au soin, à la surveillance et à la responsabilité de l'évêque de Suse ». Dès qu'il fut en possession de ce sauf-conduit, Terremoto crut véritablement recommencer sa vie. Une petite journée de marche lui suffit pour parcourir les treize lieues qui le séparaient de Suse, où il arriva le 23 août 1794, exactement trois mois après sa désertion. Il alla immédiatement se présenter à monseigneur Ferraris de Genoule, dont il baisa l'anneau épiscopal, en le remerciant de son action d'une voix faussée par l'émotion. L'audience s'acheva par une question du prélat, qui laissa Jacques embarrassé.

— Mon fils, quelles sont vos intentions ?

— Monseigneur, je suis décidé à faire une quatrième année de théologie, et à continuer ma carrière ecclésiastique.

— Bien, mon fils. Que Dieu vous assiste...

Cette réponse n'avait pas été formulée sans que Jacques prît conscience de sa propre duplicité. Il se rappelait qu'un an auparavant il avait proclamé sa décision de renoncer pour toujours à la prêtrise. Il se justifia devant lui-même en se disant que, dans les circonstances présentes, il s'agissait de gagner du temps. Après quoi, il verrait plus clair en lui. L'accueil de ses anciens condisciples balaya sa gêne. On avait entendu dire qu'il avait péri à la bataille de Roccavion. Les chanoines furent stupéfaits de le revoir. Puis ils le questionnèrent sans répit sur les crises et les périls qu'il avait connus depuis 1792. Après les avoir renseignés, Terremoto demanda ce qu'était devenu Honoré. On lui répondit que l'abbé Martinon, une fois terminée sa théologie, était parti évangéliser les peuplades d'Amérique du Sud. Une mélancolie infinie envahit Jacques.

Les troupes piémontaises occupant en grande

partie le séminaire, l'abbé Ranson ne put obtenir dans l'établissement qu'une cellule pour se loger. Il dut chercher une pension où il prendrait ses repas. Sur le conseil d'un de ses condisciples, il s'adressa à madame Sertorio, qui tenait une auberge dans une petite rue proche de la cathédrale. Moyennant une somme modique, on lui servirait deux repas par jour. Le soir même, Jacques s'assit à une table propre, en compagnie de pensionnaires avec lesquels il engagea aussitôt la conversation. Une fois encore il raconta sa désertion, qui lui valut la sympathie générale. Le repas se composait de pâtes et de tomates, accompagnées d'un vin léger de l'année précédente. Soudain, par la porte de la cuisine, entra une jeune fille d'une vingtaine d'années. Elle avait revêtu un corsage gris et une jupe blanche qui révélaient un corps aux proportions admirables. Des boucles presque noires, aux ondulations naturelles tombant jusqu'à ses épaules, encadraient un visage dont le sérieux était à peine corrigé par un nez légèrement relevé. Le crépuscule la reliait insensiblement à la pénombre. Terremoto cessa de manger, percevant tout juste les interpellations de ses voisins.

— Bonsoir, belle Catherine !

— Toujours aussi élégante ? En l'honneur de qui avez-vous mis cette toilette nouvelle ?

— Auriez-vous jeté votre galant dans la Doire Ripaire ?

— Qui de nous sera l'heureux remplaçant ?

La jeune fille ne sourit même pas. Les mains croisées sur sa jupe, elle attendit que les apostrophes fussent terminées. Elle se rapprocha du nouveau pensionnaire.

— Messieurs, que prendrez-vous pour dessert ? Des pommes, des poires ou des abricots ?

Jacques baissa la tête. Il n'avait rien perdu de sa compréhension du piémontais. Mais il n'osait croire que Catherine eût fait un pas dans sa direction. Les propos qu'il avait entendus, encore qu'ils n'eussent pas, apparemment, ébranlé la jeune fille, l'incitaient à ne pas s'abandonner à une fièvre qu'il connaissait trop bien. Il se fit effort pour répondre.

— Pour moi, ce sera des abricots.

— Bien, monsieur l'abbé. Et vous, messieurs ?

— L'abbé a raison. Abricots pour tout le monde, dorés comme vos joues. Catherine, vous allez avoir un nouveau soupirant. Il est joli, l'abbé, n'est-ce pas ?

— Vous devriez avoir honte de parler ainsi.

Au bout de quelques mois, Jacques et Catherine éprouvèrent l'un pour l'autre une passion dont ils réussirent à tenir secrètes la force et la profondeur. Comme le règlement du séminaire était strict, l'abbé Ranson ne pouvait s'attarder le soir à l'auberge Sertorio. Il prit donc l'habitude de venir à table une petite heure avant les autres. Catherine, d'autorité, se fit sa servante personnelle. Le repas expédié, ils pouvaient s'entretenir plus librement qu'à midi. Madame Sertorio venait parfois assister à ces conversations. Sa présence ne gênait pas Jacques. Au contraire, elle lui était un prétexte supplémentaire pour faire l'éloge de la jeune fille, dont les confidences l'enchantaient. Des commerçants, même des notables de Suse, avaient déjà demandé la main de Catherine, séduits pas sa beauté et sa parfaite éducation religieuse. Elle refusait tous les partis. Maintenant plus que jamais, elle était, disait-elle, décidée à n'épouser que l'homme pour lequel elle ressentirait une vive inclination. Cette allusion, plusieurs fois répétée, acheva de transporter Jacques. Mais, à ce petit jeu, il finit par concevoir clairement qu'il n'était pas fait pour l'état ecclésiastique. Cette prise de conscience laissa le champ libre aux témoignages de sa passion. A partir de ce jour, Jacques ne résista pas à la joie d'adresser des pièces en vers à la jeune fille. Il alla même jusqu'à se faire une entaille à l'index gauche pour écrire avec son sang une déclaration en alexandrins français. Le lendemain, madame Sertorio pria l'abbé Ranson de la suivre dans la cuisine. Il remarqua que Catherine n'était pas là. La mère s'assit et désigna une chaise à son interlocuteur, qui pensait s'entendre réprimander. Ce fut le contraire qui se produisit.

— Monsieur l'abbé, j'ai voulu que nous fussions seuls. Ma fille vient de m'exprimer de la manière la plus vive son extrême sensibilité à vos bontés et aux marques de bienveillance que vous ne cessez de lui donner. Ce n'est pas tout. Quoique bien au-dessous de votre mérite, elle me charge de vous prier de vous expliquer, pour savoir comment se conduire envers la foule d'amoureux qui l'assiège. Je vous prie donc de me dire là-dessus d'une manière claire votre sentiment.

Jacques respira profondément pour pouvoir faire une réponse à la mesure des propos qu'il venait d'entendre.

— Madame, à vous dire la vérité, votre fille, remplie de beauté et de mérite, a fait depuis mon premier regard sur elle une bien vive impression qui a touché mon cœur. Mon goût m'a entraîné dans des idées que vous savez être ordinaires aux jeunes gens. Les yeux de Catherine ont pour moi des attraits invincibles; sa taille mince et dégagée, ses pieds tournant si lestement, sa modestie enfin, sa piété, tout en elle avive en moi un feu dévorant. Vous pouvez l'assurer que tels sont mes sentiments envers elle.

Madame Sertorio se leva.

— Dans ces conditions, il est juste que je vous fasse connaître jusqu'à quel point ma fille vous aime. Elle m'a dit que non seulement elle vous préfère à tous ceux qui dans cette ville lui font la cour, mais que même dans le cas où votre patrimoine serait réduit par la Révolution française, elle consentirait, étant fille unique, à vous prendre pour mari. Elle est même disposée à vous attendre autant qu'il faudra, pourvu que vous lui donniez votre parole.

L'émotion faillit faire bafouiller Terremoto.

— Quel espoir... me donnez-vous... fasse le ciel... que mes vœux...

De ce jour-là, Jacques obtint la liberté de parler plus longuement en tête-à-tête avec Catherine. Le supérieur du séminaire le laissa prolonger la durée des repas et utiliser à son gré le temps des récréations ou des divertissements. La jeune fille acceptait que son soupirant lui prît la main, tandis qu'ils s'entretenaient de leur amour mutuel.

— Catherine, la première fois que je vous ai vue, j'ai compris que je ne pourrais résister à votre charme...

— Pour ma part, plus je vous connais, plus je m'attache à vous. La soutane que vous portez, loin d'être un obstacle, est un gage de droiture et d'idéal.

Jacques n'osait pas contredire cette belle confiance. En fait, la soutane lui devenait insupportable. L'été arrivant, les jeunes gens entreprirent quelques promenades le long de la Doire Ripaire. Il fut seulement convenu qu'elles auraient lieu la nuit, par respect pour la tenue ecclésiastique.

La fin des cours de théologie coïncida avec la fin d'un bonheur dont les amoureux ne voyaient pas le terme. Les événements s'imbriquèrent si étroitement qu'il fut impossible d'y échapper. L'origine en fut l'existence d'un nouveau prétendant de Catherine, un certain Martini, marchand de grains, que ne découragèrent pas des fiançailles officieuses avec l'abbé Ranson. Ce dernier, voyant s'épuiser les louis d'or qu'il avait apportés de France, décida de chercher une pension moins coûteuse. Quand il en parla à mademoiselle Sertorio, elle ne prit même pas le temps de réfléchir.

— Mon ami, vous me feriez injure en allant prendre vos repas ailleurs qu'ici. Restez avec nous. Vous dédommagerez ma mère quand vous vous serez fait une situation, ce qui ne saurait tarder.

Jacques se serait laissé convaincre. Mais le *signor* Martini, qui avait flairé l'histoire, avait fait demander au supérieur s'il entrait dans l'activité d'un séminariste de courtiser la fille de l'auberge où il prenait pension. Le supérieur fit son enquête ; il jugea les faits peu graves. Il se contenta de suggérer à Jacques de se joindre à un groupe de condisciples qui se faisaient nourrir dans un établissement plus économique. Catherine en fut chagrinée, mais elle resta fidèle à son abbé. Tous deux maintinrent leurs entrevues et leurs promenades nocturnes, dont ils tiraient une ivresse grandissante.

La réaction thermidorienne, annulant certains excès révolutionnaires, fit que Terremoto se posa des questions. Ce qui s'était passé dans l'ouest de la France, amnistie, exemption du service militaire, libre exercice du culte réfractaire, lui inspira des réflexions désabusées. « Quelle ironie ! J'ai risqué de me faire tuer en désertant, et je suis exilé dans un pays étranger. Si je m'étais contenté de passer dans l'Ouest, je serais à présent libre de mes actes, et je vivrais encore en France. Allons, Terremoto, il est heureux que tu aies trouvé la compagne dont tu rêvais. Il ne te reste plus qu'à t'établir assez convenablement pour nourrir ta future famille. »

Jacques réussit, par l'intermédiaire de ses professeurs, à obtenir un poste de précepteur à Pignerol, dans la famille Arduin. Son départ de Suse eut lieu le 13 juillet 1795. Catherine et lui échangèrent leur premier baiser passionné.

Jacques Ranson fut très vite estimé de ses élèves.

Leur père se prit pour lui d'une telle confiance qu'il lui communiquait régulièrement les nouvelles venues de France. L'événement qui apparut le plus considérable fut la fin de la Convention remplacée par le Conseil des Cinq-Cents et le Conseil des Anciens. Les troupes renforcées dans le Piémont faisaient présager une offensive de printemps. Elle fut lancée, depuis Nice, au début de mars 1796, en direction de Turin, par Bonaparte, nommé général quelques semaines auparavant. Alors que les armées françaises remontaient vers le nord, par Savone et Mondovi, Jacques reçut de Suse une lettre qui lui infligea un sérieux ébranlement. Le soupirant italien de Catherine avait réussi à convaincre madame Sertorio que l'abbé Ranson n'était pas un parti convenable. La jeune fille résistait autant qu'elle le pouvait aux manœuvres et aux menaces, mais la fin de sa lettre était un véritable appel au secours. Jacques n'hésita pas. Il prétexta des affaires à régler et prit congé des Arduin plus tôt qu'il n'était prévu. Il arriva à Suse alors que les troupes sardes se retiraient pour protéger Turin et se rapprocher du général Carignac qui, dans les Alpes, faisait face à Kellermann. Terremoto rejoignit le séminaire le lendemain de l'armistice qui, après une campagne de quinze jours, fut signé entre la France et le royaume de Sardaigne. Une courte lettre prévint Catherine de son retour. Celle-ci puisa dans la présence de celui qu'elle aimait un regain de volonté. Une dernière scène, violente, l'opposa à sa mère et à son prétendant.

— Si vous ne me laissez pas épouser monsieur

Ranson, je suis prête à tout : fuir, entrer au couvent, ou même me donner la mort. Quant au *signor* Martini, il est sans fierté s'il accepte comme mère de ses enfants une femme qui ne l'aime pas, qui ne l'aimera jamais.

L'autre blêmit, bafouilla, et partit en claquant la porte de l'auberge. Le soir même, prévenu par Catherine que la voie était libre, Jacques se précipita vers son ancienne pension. Catherine était seule. Ils s'enlacèrent avec passion.

— Catherine, chère amante, enfin nous allons pouvoir nous marier. Je suis au comble de mes vœux. Mais vous semblez triste. Que se passe-t-il encore ?

De fait, les regards de la jeune fille se portaient devant elle, au-delà des murs, plus loin même que les sommets dont la neige persistante avivait les arêtes.

— Je me défie de ma mère. Son silence actuel ne signifie pas qu'elle a renoncé. Je soupçonne qu'elle va manigancer je ne sais quelles intrigues avec celui dont je ne veux pas. Je ne serai tranquille que lorsque nous serons mariés.

— Tant que je serai là, notre avenir est assuré.

Catherine sourit faiblement, renversa sa tête en arrière, puis s'appuya sur la poitrine de Terremoto. Celui-ci fut transporté par ses yeux aussi sombres que sa chevelure, qu'il se mit à baiser avec fougue.

22

A peine Jacques croyait-il avoir réglé sa situation sentimentale qu'il reçut de Chantemerle la lettre qu'il attendait depuis longtemps. Son frère Joseph lui annonçait sa visite. Maintenant que les troupes françaises avaient le droit de passage et d'occupation, la circulation devenait plus facile entre la France et le Piémont. L'aîné des Ranson arriva le 16 juillet 1796. Les deux frères se retrouvèrent devant le porche de San Giustino, dont les pierres réverbéraient une intense chaleur sèche. Ils s'embrassèrent. Joseph avait maigri ; ses traits s'étaient accusés et durcis.

— Allons au parloir du séminaire. Nous serons mieux pour causer. Quelles nouvelles m'apportes-tu ? Depuis deux ans...

— Des nouvelles de toute nature, bonnes et mauvaises.

Des meubles du parloir montait une puissante odeur de cire. Joseph s'assit. Une pellicule brillante recouvrit ses yeux.

— Jean-Marie... est... mort... il y a un mois... à l'hôpital de Nice... Il avait été très grièvement blessé dans le sud de l'Italie. Ce sont les autorités qui nous ont informés de son décès.

— Jean-Marie... quel malheur !... mon petit Jean-Marie...

L'espace de quelques secondes, Jacques revécut les années qu'il avait passées avec son jeune frère. Jean-Marie était-il mort en état de grâce ? Soudain Jacques se rappela qu'il avait, au moment du vol des écus trois ans auparavant, prévu que Dieu châtierait son frère. Il contint difficilement un énorme sanglot. Le sang s'amassait dans sa tête, lui rendait à peine audibles les autres détails que lui donnait Joseph.

— Madeleine compte reprendre ses études pour être institutrice dans une pension privée. La religion est moins persécutée, malgré certains extrémistes des Conseils. Adélaïde s'occupe activement de notre petit domaine. Les deux derniers, qui ont dix-sept et quinze ans, sont sérieux et volontaires.

— Et Agathe ?

Joseph hésita. Son frère pressentit qu'il allait apprendre un événement important.

— Justement, c'est un peu à cause d'elle que je suis venu te voir. Voilà. Moi, j'ai l'intention de vendre la quincaillerie, qui ne marche pas très fort. Je dois me marier dans quelques mois avec la fille d'un éleveur du Lauzet, où j'habiterai.

— Félicitations. Mais je ne vois pas...

— Patience. Agathe est promise à un garçon très convenable, Armand Izoard, qui nous est vaguement parent. Malheureusement il n'est pas riche. Sa mère est restée veuve avec cinq enfants. Agathe aurait pu se choisir un riche parvenu, comme il y en a beaucoup en ce moment. Elle s'y est refusée. Alors nous avons décidé, ainsi qu'il avait été plus ou moins prévu après la mort de notre père, que la maison familiale lui reviendrait. Les deux autres Ranson vivront avec le couple jusqu'à leur majorité.

— Et moi ?

Terremoto se sentait perdu. Il s'était mis à l'abri de la Révolution; mais les autres, eux, allaient leur route sans s'occuper de lui. Étranger en Piémont, étranger pour les siens.

— Nous ne t'avons pas oublié. La quincaillerie vendue, la maison estimée, il te sera attribué trois mille livres.

— Trois mille livres ? pas plus ?

— Nous sommes sept sur l'héritage.

— Très bien.

Jacques prenait confusément conscience qu'il était lésé; mais comment décortiquer les comptes familiaux ? D'ailleurs n'était-il pas redevable à son frère des seize louis qu'il devait partager avec son grand-oncle Jean Ranson, dont il avait profité et qu'il n'avait pas l'intention d'évoquer ?

— Cette somme, je te l'apporte en or et en argent. Les assignats ont été brûlés en février dernier. Au moins, le métal jaune et blanc n'est pas déprécié.

— Je te remercie. Comment vont les Lombard ?

— Pas mal. Le domaine d'Antoine s'agrandit et lui rapporte gros, bien que, son frère et sa sœur s'étant installés, il ait été obligé d'engager des journaliers. Guillaume poursuit en secret ses études de latin et de théologie. Tes livres lui sont fort utiles. Marie-Sophie est une belle fillette de dix ans.

Cette allusion ne fit surgir en Jacques qu'une image floue, un peu attendrissante. Son petit héritage commençait à prendre en lui une importance considérable. Les trois mille livres que Joseph était en train de lui compter allaient faciliter son mariage avec Catherine. Une brève émotion se forma à l'intérieur de sa rêverie.

— Quand nous reverrons-nous ? Je l'ignore. Cela dépendra des événements.

— Nous nous écrirons.

— Tu embrasseras les nôtres pour moi. Adieu, Joseph.

— Adieu, Jacques.

Son frère aîné partit sans que Terremoto éprouvât un déchirement excessif. Frémissant, sûr de lui, il s'en fut raconter à sa fiancée la scène qu'il venait de vivre. Ce soir-là, les deux jeunes gens firent encore une longue promenade le long de la Doire Ripaire. Des éclats de lune habitaient chaque vague, chaque remous. Il était évident que rien ne pourrait désormais contrarier un amour aussi tenace. L'armistice étant signé, les troupes françaises de passage n'avaient rien de menaçant, le rival ne se montrait plus. Une simple annonce anéantit cette belle architecture. Il fut publié officiellement que, pour exécuter les conditions de paix, tous ceux qui n'avaient pas de papiers en règle devaient quitter le Piémont. Le décret visait spécifiquement les émigrés et les déserteurs. Jacques s'affola. Il se sentait divisé entre sa hantise d'être dénoncé aux autorités françaises et le proche accomplissement de sa passion. Catherine le persuada de songer avant tout à sa sûreté.

— Nous venons de passer presque un an loin l'un de l'autre. Nous pouvons nous séparer encore quelques semaines, le temps que votre situation soit éclaircie. J'irai voir les autorités de Suse. Je suis prête à tout pour que notre mariage ait lieu. De votre côté, vous pourriez demander une espèce de sauf-conduit à votre évêque.

Jacques étreignit son amie avec une ferveur angoissée. Il lui jura qu'avant l'hiver ils seraient unis devant Dieu et devant les hommes.

A l'évêché, il obtint sans peine un laissez-passer pour Gênes. C'était une ville en principe neutre, et assez importante pour que l'on pût s'y dissimuler. Le choix de Jacques, de surcroît, fut renforcé par un chanoine du séminaire, qui eut l'obligeance de lui signaler qu'un certain Yves Gravier s'était installé comme libraire à Gênes. C'était probablement un parent de Thomas Gravier, originaire de la Salle, qui avait lui aussi ouvert une librairie à Rome voilà près de cinquante ans.

— Il me souvient que votre grand-père était un Gravier. Qui sait ?... De toute manière, ce nom peut vous fournir une bonne introduction.

Jacques Ranson, après de nouveaux adieux à Catherine, mêlés de larmes, gagna Gênes, où il arriva le 7 août 1796. Il fit le trajet de Turin à Casale sur le Pô, dans une barque en mauvais état, qui faillit chavirer à plusieurs reprises. Il avait remplacé sa soutane par un habit de drap sombre, et il s'était acheté des chaussures solides. Un peu avant Mondovi, un petit détachement de hussards, en uniformes bleus à soutaches blanches, avait intercepté le voyageur. Le lieutenant lut et relut le sauf-conduit de l'évêque, puis le rendit à Jacques en le regardant avec intensité.

— Parfait, citoyen. Je ne voudrais pas offenser un prélat qui est quasiment notre allié. J'espère que tu n'es pas un ci-devant émigré qui complote contre la république.

— Je suis arrivé à Suse en 1791, bien avant les... événements. J'ai l'intention de me fixer à Gênes, mais la France est dans mon cœur.

— Quand on aime la France, on se bat pour elle. Enfin, mieux vaut pas de soldat qu'un soldat qui renâcle.

Le libraire Yves Gravier tenait boutique dans un quartier de superbes palais remontant au XVIe siècle. Il reçut courtoisement son compatriote. Après l'avoir fait parler sur ses origines, il lui offrit une place de commis moyennant trente livres par mois. Très vite, le jeune homme fut irrité par la nature des ouvrages qu'il était chargé de vendre : les œuvres des philosophes et des libertins, en particulier le *Dictionnaire* de Bayle, l'*Histoire des oracles* de Fontenelle, les œuvres complètes de Voltaire, l'*Encyclopédie*. La clientèle aisée d'Yves

Gravier était acquise aux idées, sinon aux méthodes de la Révolution. Jacques se loua une petite chambre dans une rue tranquille, au cinquième étage d'une maison où l'on entrait par une porte ancienne encadrée par des revêtements d'ardoise de Ligurie et ornée de médaillons représentant des têtes. En face de son logement s'élevait un immeuble dont le dernier étage, tous volets clos, paraissait inhabité. Une semaine après son arrivée, Terremoto écrivit à Catherine pour lui donner son adresse et lui rappeler qu'elle s'employât à lui obtenir un permis de séjour à Suse, qui seul pourrait lui permettre de se marier en possédant des ressources décentes. Là-bas, il était connu. A Gênes, il n'était qu'un petit commis sans relations et sans avenir. La réponse ne tarda guère. La jeune fille annonçait à son amant que le *signor* Martini avait définitivement renoncé à elle. La situation de Jacques semblait devoir être sous peu régularisée. La jeune fille le tint exactement au courant de ses démarches. La dernière consista pour elle à se jeter aux pieds de l'épouse du gouverneur. Elle la supplia d'intervenir afin d'obtenir une exception à la loi en faveur de Jacques Ranson. Son audace ne fut pas payante. La dernière lettre de Catherine annonçait que Son Excellence ne saurait faire aucune exception à une loi imposée par les vainqueurs. Comme elle ne pouvait pas quitter Suse pour Gênes, qu'elle était sans métier et sans appui, elle déliait son amant de sa promesse et lui souhaitait d'être heureux en dehors d'elle. Terremoto se jeta sur son lit en sanglotant. Quand il crut avoir épuisé toutes ses larmes, il écrivit à Catherine une lettre désespérée, dans laquelle il lui affirmait que jamais il n'en aimerait une autre comme il l'avait aimée.

Bientôt Jacques éprouva la vanité de ses résolutions. Les jours lui semblaient mornes. Un mois se passa dans l'ennui. Le deuxième dimanche d'octobre, en tirant son rideau, Terremoto constata que les volets d'en face étaient rabattus sur la façade. Une fenêtre s'ouvrit, laissant apparaître un visage qui suscita chez le jeune homme une vive émotion : c'était à peu de chose près celui de Catherine Sertorio. Jacques retrouvait les mêmes cheveux, les mêmes yeux sombres, les mêmes lèvres aux courbes équilibrées. Seul le front semblait plus haut et plus bombé. Sans réfléchir, Terremoto agita la main droite. La jeune fille sourit, inclina la tête et referma sa fenêtre. Chaque matin le même manège recommença. Au bout d'une semaine, les jeunes gens échangèrent de banales formules de politesse auxquelles leur situation donnait une certaine étrangeté. Dans la voix de l'inconnue s'alliaient la force et la musique : une vraie voix d'opéra. Le dimanche suivant, Terremoto écrivit, en italien, une lettre dont il s'efforça d'atténuer l'exaltation.
« Mademoiselle,
Votre beauté a fait sur moi une grande impression. Votre sourire m'encourage à vous demander respectueusement la permission de vous écrire et, plus tard, de vous rencontrer. Je m'appelle Jacques Ranson. Je suis un Français qui a pré-

féré l'exil à l'esclavage. Si cette lettre vous déplaît, brûlez-la. Si vous y répondez, je serai le plus heureux des hommes. Chaque dimanche, j'écoute la grand-messe à la cathédrale. Peut-être aurai-je la joie de vous y apercevoir à l'office de la semaine prochaine. »

Jacques, qui s'était procuré une longue tige de roseau, en fendit une extrémité pour introduire son billet. Longtemps il guetta l'apparition de la jeune fille. Quand s'ouvrit la fenêtre d'en face, il n'eut aucune peine à faire passer son message de l'autre côté de la ruelle. L'inconnue ôta du roseau le papier et referma vivement sa fenêtre. Celle-ci ne s'ouvrit plus pendant quatre jours. Terremoto commençait à se reprocher son effronterie. Le cinquième jour, l'inconnue rouvrit sa fenêtre presque en même temps que lui. Elle tenait à la main une lettre. Elle fit clairement comprendre à son correspondant qu'il devait lui tendre le roseau. La réponse était écrite en un français excellent, un peu précieux.

« Monsieur mon voisin,

J'ai été, moi aussi, très sensible à vos salutations journalières, puis à votre charmante lettre. Votre physionomie semble distinguée. Je serais flattée que nous échangions des lettres de cette sorte. Je vais aux offices à l'église San Matteo. Nous pouvons aussi nous rencontrer sur le quai de la Lanterne, où je vais me promener avec ma mère, qui est veuve. Je m'appelle Victoria de Negri. J'ai vingt et un ans, et je suis parfaitement comblée d'avoir un chevalier français, en attendant que le mariage couronne nos relations sentimentales. »

Jacques fut d'abord surpris par la rapidité avec laquelle sa voisine franchissait les étapes. Mais son imagination l'emporta. Il se représenta cette union avec tant de fièvre qu'à son tour il décida d'aller vite. Avant de quitter la librairie d'Yves Gravier, où il ne vendait qu'à contrecœur des livres libertins, Terremoto écrivit à son frère aîné pour lui annoncer que cette fois il avait trouvé un parti sérieux, qu'il songeait à fonder une petite société qui gérerait un commerce d'épicerie. Il lui demandait en conséquence une avance supplémentaire de deux mille livres de Gênes, soit mille six cent soixante-sept francs. Son frère répondit, au bout de trois semaines, qu'il n'était pas en mesure de lui envoyer directement cette somme, mais que Jacques pouvait l'emprunter avec sa caution à un certain monsieur Capron, négociant français installé depuis trente ans à Gênes.

Il s'écoula plus d'un mois avant que Jacques eût trouvé le prêteur et que fussent réglées les modalités de l'emprunt. Entre-temps, il était entré en relations avec un jeune Génois qui s'appelait Piani, était honnête, rompu au commerce, et curieux de toutes les nouvelles politiques. Ce fut lui qui lui apprit l'affaire du pont d'Arcole, un demi-échec du fabuleux Bonaparte, survenue en novembre 1796, et, un mois plus tard, la fondation de la République cispadane, englobant les territoires situés au sud du Pô. Le Français s'estima heureux d'avoir fui Suse. Quel sort lui aurait été réservé s'il s'y était fait prendre ? Le souvenir de Catherine était à peu près éclipsé par l'image de Victoria.

23

Les deux nouveaux amis fondèrent officiellement leur société le 19 mars 1797. Les marchandises furent entreposées dans un local spacieux, situé dans une rue couverte de la *sottoripa*, séparée du bassin par des arcades. Jacques y transporta sa malle et tout ce qu'il possédait. Il ne fut pas trop affligé de quitter l'immeuble d'où il pouvait voir les fenêtres de Victoria. Leurs lettres devenaient régulières. Terremoto fréquenta désormais l'église San Matteo, dont il aima la façade harmonieuse où alternaient les pierres blanches et les pierres noires. A l'intérieur, les ornements et les ors laissaient apparaître de belles structures gothiques. Les jeunes gens se rencontrèrent assez souvent sur la promenade du port, en présence de la mère. Des mains de Victoria irradiait une chaleur qui correspondait à l'éclat de ses yeux et aux vibrations de sa voix. Pourtant l'atmosphère de la ville demeurait inquiétante. Après la victoire de Rivoli et la prise de Mantoue, qui avaient contraint les Autrichiens à refluer vers le nord-est, Jacques voyait resurgir à Gênes des signes inquiétants. On pouvait redouter un affrontement entre le parti des aristocrates, appelé Viva Maria, et celui des patriotes, ou parti *del popolo*. Pour échapper à son angoisse, Terremoto, vers la mi-avril, entraîna son ami à une fête qui se tenait sur une hauteur située près de Gênes. Quand ils rentrèrent, tard dans la nuit, ils trouvèrent leur local sens dessus dessous. Les voleurs avaient emporté mille livres de réserve, le coffre de Jacques avec tout ce qu'il contenait, et une partie des marchandises. Ce qui restait fut estimé, après inventaire, à neuf cents livres. Piani et Ranson décidèrent qu'ils vivraient là-dessus aussi longtemps qu'ils le pourraient.

Un mois plus tard, en même temps que l'on apprenait l'armistice de Leoben, en vertu duquel les Autrichiens devaient déposer les armes, les troubles prévus éclatèrent à Gênes, à l'occasion d'une grande procession. La lutte fut longtemps indécise entre les novateurs et les partisans de la tradition. Finalement les adversaires aboutirent à un compromis instituant deux chambres et un Sénat présidé par un doge, respectant la religion et la puissante banque de Saint-Georges.

Jacques, qui s'était couché dans la chambre contiguë au magasin, se hasarda à sortir. Peu lui importait que les démocrates eussent gagné. L'essentiel était de ne plus entendre les vociférations, le fracas des pillages, les fusillades et les cris des victimes. On plantait des « arbres de la liberté » même dans les ruelles. Des dames distinguées distribuaient des cocardes tricolores. Jacques se fraya un passage jusqu'à la rue où habitait Victoria de Negri. De temps en temps, on l'obligeait à crier : « *Viva el popolo !* » Les volets de son amie étaient clos. Personne ne put lui dire ce qu'étaient devenues la mère et la fille. Il ne devait plus jamais en avoir de nouvelles.

Jacques ne jouit pas longtemps de sa quiétude. De nouvelles émeutes ensanglantèrent la ville et ses environs. Jacques regagna sa cachette, où il médita sur son destin. « Quelle malédiction me poursuit ? Pourtant je n'ai jamais volontairement offensé le Seigneur. Mon Dieu, protégez-moi. »

Après une répression sévère, le général Lannes occupa militairement la ville. Quand Gênes eut retrouvé son calme, Terremoto se dit : « Ici, je reste un étranger. Ma qualité de Français m'empêche d'obtenir une carte de sécurité. On m'a volé. Victoria m'a abandonné. Un poste d'enseignant ou de précepteur, il n'y faut pas compter. Il ne me reste plus qu'à passer en Espagne, d'où je gagnerai peut-être l'Amérique du Sud, comme Honoré Martinon. En attendant, mon ami, travaille pour reconstituer ton pécule. »

Piani approuva ces projets. Comme leur société allait se dissoudre, il présenta Jacques aux frères François et Charles Prat, qui tenaient la plus grosse quincaillerie de Gênes. Après la signature, en octobre, du traité de Campoformio qui donnait à la France la Belgique, la rive gauche du Rhin, et reconnaissait la France cisalpine, les affaires avaient toutes chances de repartir. Les frères Prat accueillirent Jacques avec une bienveillance d'autant plus grande qu'il était fils et descendant de quincaillier. Le jeune homme fut engagé à titre de commis à partir du 1er janvier 1798, à cent livres par mois. Il logerait dans une soupente de la quincaillerie. C'était aussi la date où entrait en vigueur la nouvelle constitution génoise, qui fut adoptée par cent mille votes contre dix-sept mille. Quand ces événements eurent pris fin, il apparut nécessaire à Terremoto de fixer sur le papier ses souvenirs encore vivaces. Le 15 mai 1798, il commença la rédaction de ses mémoires dans un recueil auquel il ajusta une couverture de parchemin. Une curieuse inspiration le poussa à s'exprimer à la troisième personne.

« Jacques Ranson naquit à Chantemerle, petit village à une lieue de Briançon, en Dauphiné cidevant, à présent département des Hautes-Alpes, le 15 du mois de mai 1772. Son père, appelé Nicolas Ranson, était négociant en fer et en cuivre, profession ancienne dans la maison, et qui lui avait toujours procuré une honnête médiocrité... »

La plume d'oie, neuve et superbe, crissait sur le papier. Jacques s'arrêta. Entre son double et lui s'établissait une complicité, d'où se dégageait le personnage qu'il apercevait confusément en lui, chaleureux, intransigeant, faussement fragile.

24

Quatre ans plus tard, Jacques Ranson décida de regagner la France. Le terrible siège de Gênes s'était achevé en juin 1800 par la capitulation de Masséna. Bien que les Autrichiens eussent été contraints d'évacuer la ville peu de temps après, Terremoto était las de ces épreuves. Son départ pour l'Amérique latine n'était plus qu'un souvenir incertain.

Il se mit en route au printemps de 1802. Il marcha d'un pas vif jusqu'à la frontière française. Arrivé au sommet du col de Montgenèvre, il déposa son sac de voyage et se retourna.

Autour de la Doire Ripaire s'étageaient de petites plaines, des vallonnements, des pentes inégalement inclinées. Les arêtes étaient encore couvertes de neige. Le voyageur respira à fond. L'air glacé, pénétrant dans ses poumons, semblait le purifier de son anxiété. S'étant reposé, Terremoto entreprit la descente du Montgenèvre sur Briançon. Les lacets du chemin étaient comme sertis dans les plaques de neige, où le soleil de midi avait creusé de petits cratères aux bords brillants de cristaux. Par les lettres, assez rares, qu'il avait échangées avec sa famille, Jacques savait qu'Agathe était à présent mariée, qu'elle avait eu un fils à qui l'on avait donné le prénom de Jean-Marie. Un an et demi après la mort de sa femme, Joseph s'était remarié avec une fille beaucoup plus jeune que lui. Des Lombard, il n'avait que des nouvelles assez vagues. Tout en marchant régulièrement, Terremoto calculait que sa cousine Marie-Sophie devait avoir à peu près seize ans.

Quand Jacques parvint à l'aplomb de la Durance, dont les eaux vert et brun traçaient dans la vallée un énorme sillon tourmenté, les battements de son cœur s'accélérèrent. Les faubourgs de Briançon n'avaient guère changé. Terremoto coupa par Sainte-Catherine pour rattraper directement le cours de la Guisane. Une demi-heure lui suffit pour gagner Chantemerle. A deux cents mètres de sa maison natale, il fut obligé de faire halte. Il était au bord de la suffocation. Les lauzes fixées sur le toit par Nicolas Ranson étaient intactes. La neige y avait laissé des traces luisantes. Le porche d'entrée était à moitié ouvert. Jacques poussa le battant droit. Un enfant d'environ deux ans jouait dans la cour. Les traits de son visage firent comprendre à Terremoto qu'il avait devant lui le fils d'Agathe. Il ressemblait presque parfaitement au frère qui avait péri en Italie.

— Bonjour, Jean-Marie !

— 'jour...

L'oncle et le neveu se sourirent.

— Maman est là ?

— Là, maman...

L'enfant marcha vers la cuisine. Soudain Agathe apparut sur le seuil.

— Jacques !

— Agathe !

Ils se précipitèrent dans les bras l'un de l'autre, se reculèrent pour se contempler, s'étreignirent de nouveau avec violence.

— Vous m'attendiez ?

— Un peu. Nous avons bien reçu ta dernière lettre. Mais elle n'indiquait pas la date de ton arrivée.

— Il m'était difficile de la préciser. Pour toutes sortes de raisons. Ton mari n'est pas là ?

— Il travaille sur l'Adret, où nous avons acquis de nouvelles terres. Adélaïde lui donne un coup de main. Madeleine est partie visiter un poste à Gap. Marie-Cécile, tu la verras tout à l'heure. Elle ne rêve que d'entrer en religion. Quant à Paul, bien évidemment, il est aux armées, quelque part dans les Alpes.

Soudain Jacques remarqua la taille de sa sœur. Il appliqua ses mains sur chacune de ses hanches. Agathe se mit à rire.

— Eh oui ! J'attends un enfant pour l'automne. La tradition familiale continue.

S'établit un silence d'une densité extraordinaire, où refluaient les noms, les silhouettes, les gestes des parents morts.

Terremoto parcourut lentement les pièces où il avait vécu. Dans la cuisine, quelques meubles nouveaux, une huche, des placards, le surprirent. Mais les odeurs familières, qui semblaient sécrétées par le sol et les murs, lui donnèrent l'illusion que son absence avait été courte.

Armand Izoard revint des champs, avec Adélaïde, alors que la nuit tombait. La sœur de Jacques le tint longuement enlacé. Les effusions terminées, son beau-frère se montra impatient de l'emmener visiter ses écuries peuplées de six vaches, de deux chevaux et d'un mulet.

— Il n'a pas été commode d'échapper aux réquisitions de l'armée pour le transport des vivres et des munitions. Antoine Lombard et moi avons réussi à camoufler quelques bêtes plus haut que le Sapet. Celles qui étaient prises, nous les remplacions dès que nous le pouvions. Ta bonne jument a dû finir dans un fossé. Quelle époque ! Enfin, avec Bonaparte, l'ordre va revenir. La prospérité, aussi, j'espère. On parle de l'élire consul à vie.

Marie-Cécile rejoignit les hommes dans l'écurie. Sa longue jupe, sa pèlerine et son voile gris lui donnaient déjà l'apparence d'une religieuse. Terremoto l'embrassa avec une ferveur particulière. Il était reconnaissant à sa plus jeune sœur de maintenir dans la famille la vocation mystique. Elle, du moins, devait marcher dans la vraie voie. Les événements politiques firent l'objet de la conversation qui anima le repas. A la soupe de bœuf et au fromage, Adélaïde avait ajouté un grand plat de riz au lait.

— Une recette de maman Cécile.

Armand Izoard expliqua qu'étant fils de veuve et soutien, puis père de famille, il avait échappé à la conscription. Sinon, il aurait fait son devoir comme les autres. Cette remarque irrita Jacques.

— Eh bien, moi, je vais vous dire une chose que je ne vous ai jamais écrite, par crainte de représailles à votre égard. Après l'ignoble exécution de Louis XVI, j'ai estimé que je ne pourrais pas me battre pour la république. Je n'ai pas déserté. Je me suis simplement laissé prendre par les Piémontais, avec l'intention de rejoindre Suse. Ils m'ont enrôlé. Mais je suis fier de ne pas avoir tiré un seul coup de fusil contre mes compatriotes. Je me suis arrangé pour recommencer et achever mes études de théologie. Après quoi je me suis réfugié à Gênes, alors ville indépendante et neutre. Voilà ce que je tenais à vous dire.

Adélaïde fut la première à rompre le silence.

— Jamais nous ne t'avons soupçonné d'être un déserteur par lâcheté. Ce serait plutôt le contraire.

Jacques regarda chacun des visages qui l'entouraient. Tous, même celui de son beau-frère, exprimaient l'approbation. Exalté de s'être ainsi imposé, le « revenant » s'abandonna avec une sorte de défi à des souvenirs plus récents.

— Puisque nous sommes entre nous, je vous vous faire des confidences encore plus graves. Je me suis battu contre les Autrichiens. Cela vous sidère, hein ? C'était exactement il y a deux ans, au siège de Gênes.

Terremoto parla plus d'une heure sans s'interrompre. Il raconta tout : les troupes autrichiennes qui avaient progressivement enserré la ville; le blocus du port assuré par l'escadre anglaise; la rébellion, ouverte ou sourde, des Génois contre les troupes de Masséna; la garde nationale finissant par refuser tout service. Surtout, la famine. Pour tout le monde, il s'agissait de survivre. Des femmes se rassemblaient devant le palais du gouvernement pour présenter leurs enfants rachitiques en criant : « *Miseria* ». Masséna faisait installer des fourneaux populaires, distribuer aux indigents du pain de soldat. Il imposait aux riches de nourrir les pauvres. Le blé pris aux Autrichiens, les rares convois venant de Marseille qui trompaient les vaisseaux anglais, l'ouverture de certains dépôts ne suffisaient pas à combattre la disette. Les émeutes se multipliaient contre les boulangers. Le son avait atteint trente francs la livre. Après les chats et les chiens, on mangea les insectes, les lézards, tout ce qui bougeait. On broyait les graines de lin, d'amidon, d'avoine sauvage. Le 21 mai, il n'y avait plus que deux jours de subsistance, et quelle subsistance ! Le tout sous les bombes qui arrivaient de la terre et de la mer. Jacques poursuivit :

— Personnellement, j'ai fait ce que j'ai pu. J'ai partagé ma petite réserve d'épicerie avec les plus déshérités. Et puis, comme les Autrichiens lançaient contre la ville de fréquents assauts, et que Masséna avait fait recenser tous les citoyens valides, curieusement, moi qui étais passé en Piémont, je me suis senti poussé par je ne sais quelle force à me battre contre ceux qui affamaient les habitants. Peut-être en souvenir de grand-père Gravier. J'ignore si j'ai tué des ennemis. Mais j'ai fait le coup de feu. Un officier des carabiniers a même noté mon nom. Ce fut le dernier sursaut. Bien qu'on annonçât l'arrivée imminente de secours commandés par Bonaparte, Gênes dut capituler le 5 juin. Masséna obtint les honneurs de la guerre. Après l'évacuation, des bandes coupèrent les arbres de la liberté. Deux éléments me retinrent de partir. D'abord l'audace des troupes françaises qui, encore le 9 juin, chantaient en pleine ville *la Marseillaise* et *la Carmagnole.* Ensuite les révélations de mon ancien associé, Piani, selon lequel les Français, ayant remporté la victoire de Marengo, descendaient sur Gênes. De fait Hohenzollern fut bientôt obligé d'annoncer que la ville serait remise au général Suchet. Je me suis arrangé pour obtenir un certificat de civisme et un certificat de sécurité, qui m'ont permis de voyager sans encombre à travers la République cisalpine. Je ne sais si mes péchés m'enverront en enfer. Mais le siège de Gênes m'en a donné un avant-goût.

Les autres restaient muets, désemparés, un peu admiratifs. Enfin, Armand Izoard se contenta de murmurer :

— Eh bien, mon vieux, quelle histoire...

Le lendemain, Jacques sella un cheval pour se rendre au Lauzet. Au Monêtier, il s'arrêta quelques secondes devant l'ancienne ferme de ses grands-parents Gravier. Des personnes inconnues y entraient et en sortaient. Les murs, le toit, le jardin semblaient en bon état. Terremoto s'éloigna rapidement. Des scènes de son enfance — la poule noyée, les feux follets du cimetière, la pêche à la truite — revivaient en lui. Au Lauzet, son frère Joseph l'accueillit avec une joie mêlée de réticence. Terremoto ne venait-il pas lui demander des comptes ? L'exilé se montra grand seigneur.

— J'ai trouvé toute la famille plutôt florissante. Armand Izoard a l'air honnête et travailleur. Bien sûr, il se conduit un peu en propriétaire du domaine... que lui a apporté notre sœur. Mais Agathe semble heureuse. C'est l'essentiel. Et toi-même ?

Joseph s'assombrit. Son visage, qu'une courte barbe rendait de plus en plus pareil à celui de Nicolas Ranson, fut parcouru par des ondes de mélancolie.

— Je commence seulement à émerger de mon malheur... J'avais une femme exceptionnelle. Elle est morte. Dieu ait son âme. J'ai failli m'engager pour me faire tuer. Et puis, j'ai rencontré une fille qui m'a sauvé. Tu la verras tout à l'heure. Elle est allée soigner une vieille tante malade. Naturellement, tu déjeunes avec nous.

En fin d'après-midi, sans avoir rien échangé que des banalités avec son frère, Jacques redescendit à Chantemerle. Il faisait presque nuit quand il remit son cheval à l'écurie. Il prévint Agathe qu'il allait saluer les Lombard. Dans la rue, quelques habitants se retournèrent sur son passage, croyant le reconnaître, mais n'osant pas lui adresser la parole. « Est-ce qu'ils pensent que je reviens de chez les morts ? » A hauteur de l'église, il croisa un convoi qui se dirigeait vers Briançon : six charrettes cahotant sur les aspérités de la route, qui transportaient des vivres ou des caisses de munitions. Chez les Lombard, les fenêtres d'en bas étaient éclairées de lueurs dansantes. Terremoto frappa à la grande porte cintrée, qui s'ouvrit presque aussitôt. Antoine Lombard scruta le visage du visiteur.

— Jacques !

— Oui, c'est bien moi.

— Entre. Joséphine et les enfants seront heureux de t'embrasser.

Seule l'épouse d'Antoine était dans la cuisine, en train de tourner une grande cuiller de bois dans une marmite qui bouillait à petit bruit sur les chenets. Tout de suite, Jacques remarqua son extrême maigreur. Elle avait vieilli de dix ans. Quand ils eurent échangé de nombreux baisers, la maîtresse de maison se dirigea vers l'escalier.

— Guillaume, Marie-Sophie, venez voir qui nous arrive !

L'aîné descendit le premier. Il était grand et mince. Ses traits semblaient émaciés comme par le jeûne et la pénitence. Il se jeta dans les bras de Terremoto, contenant à peine ses larmes.

— Comment, Guillaume, tu n'es pas soldat ? Si j'ai bonne mémoire, tu dois approcher les vingt et un ans ?

— Oui, cousin. Mais j'ai été réformé. Je suis faible des bronches. A quelque chose malheur est bon. Aussi puis-je me préparer à entrer au séminaire, dès l'automne. Le Concordat qui a été voté va bien faciliter les choses.

— Et les deux autres ?

— Asseyons-nous d'abord, en attendant la

soupe, que tu partageras avec nous.

Quand ils se furent installés autour de la table commune, Antoine reprit la parole. Terremoto constata que son cousin s'était empâté. Il se voulait calme, mais de fugitifs voiles de tristesse passaient dans ses yeux.

— Henri, notre cadet, lui, est aux armées. Il a réussi à se faire affecter à l'intendance. Il conduit des convois de ravitaillement. Ce n'est pas glorieux, mais c'est moins dangereux... Quant à Marie-Sophie... mais pourquoi ne descend-elle pas ?... Marie-Sophie, cria-t-il, tu n'as pas entendu ?

Des pas légers naquirent dans l'escalier. Soudain apparut une jeune fille dont les grandes nattes délimitaient un visage régulier. Au bas des marches, elle s'arrêta, croisant ses mains sur un tablier brodé de blanc. Jacques se leva, incertain, maladroit, déconcerté. C'est tout juste s'il ne bégaya pas.

— Marie-Sophie... Si je t'avais rencontrée dans la rue, je ne t'aurais pas reconnue. Il est vrai que tu as seize ans.

— Pas tout à fait. Dans six mois.

— Tu permets que je t'embrasse ?

— Pourquoi pas ?

Marie-Sophie tendit ses joues dorées. Terremoto y déposa des baisers à peine appuyés. Il resta quelques secondes sans parler. « Cette petite, que j'ai vue au berceau, à qui j'ai appris un peu à lire, quelle métamorphose... »

L'apparition de Marie-Sophie avait mis le comble au dépaysement que Jacques percevait en lui depuis sa conversation avec Joseph. Cependant, Antoine et Guillaume Lombard dressaient le bilan de la période qui venait de s'écouler, avec une belle lucidité.

— Sur le plan économique, il n'y a pas grand-chose de changé depuis 1789, du moins dans notre région. Les salaires et les prix ont augmenté. Mais le cheptel ne s'est pas beaucoup accru, à cause des réquisitions. Armand Izoard a dû te dire...

— Il m'a dit en effet...

— Cela devrait désormais aller mieux. Le Premier consul jouit d'une faveur méritée. Il a rétabli la paix, édicté un code civil cohérent, organisé une administration solide. La Constitution de l'an VIII a été approuvée par plus de trois millions de oui contre environ quinze cents non. Nous espérons maintenant l'assainissement des finances, la réfection des routes détériorées par les convois, une relance de l'agriculture et de l'industrie...

— ...et une vraie renaissance religieuse...

L'interruption de Guillaume fit sourire tout le monde, sauf Marie-Sophie, qui se déclara fatiguée et bonne pour le sommeil. Jacques fut un peu dépité de son départ. Les Lombard s'accordèrent à reconnaître les éléments positifs du concordat : salaire des ecclésiastiques, intégration de l'Eglise de France dans l'Etat nouveau, restitution des biens réquisitionnés par les révolutionnaires.

A son tour, Jacques parla de sa vie en Italie. Il était onze heures quand il se retira. Antoine proposa de l'accompagner. La nuit les enveloppait de sa fraîcheur odorante. Soudain Terremoto sentit que son cousin lui étreignait le bras.

— Jacques, je vais après-demain à Briançon pour acheter des outils. Cela ne te tente pas de revoir la ville ? Nous prendrons les chevaux.

— Volontiers.

Une fois couché, Jacques ressentit l'impression que son cousin portait un secret qu'il voulait lui confier.

Deux jours plus tard, les deux cousins partirent de bonne heure pour Briançon. Jacques reprenait place avec un sentiment de plénitude dans un univers lumineux. Au bout d'un kilomètre, les confidences d'Antoine disloquèrent ce bel ordre. Il mit son cheval au pas et se rapprocha de Terremoto.

— Mon cousin, tu t'es bien douté que j'avais des choses importantes à te dire. Voilà. L'autre soir, j'ai vu que l'aspect de mon épouse t'avait frappé. Tu n'avais pas tort. Joséphine n'a plus que quelques mois à vivre. Elle souffre d'une maladie de poitrine qui ne lui laisse aucune chance. Elle qui était si...

Antoine n'acheva pas. Jacques respira profondément.

— Peut-être es-tu trop pessimiste ?

— Non. Les deux médecins que j'ai consultés sont formels. D'ailleurs Joséphine se sait condamnée. Elle ne veut même pas se soigner. Si je te révèle l'état d'une épouse qui fut, qui est toute ma vie, c'est parce que j'ai besoin de toi.

Une angoisse subite s'empara de Jacques. Antoine, après un court silence, reprit la parole avec gravité.

— Tu vas comprendre. Quand Joséphine sera... « partie », mon existence n'aura plus de sens. J'ai décidé de me retirer dans le Queyras, à Aiguilles ou à Saint-Véran. J'élèverai quelques moutons en entretenant le souvenir de ma compagne.

— Antoine, tu es encore bien jeune pour...

— Non. Ma résolution est définitive. Mais il reste le domaine que j'ai agrandi et amélioré par mon travail. Mon frère et ma sœur, comme tu le sais, se sont établis chacun de leur côté. Guillaume sera prêtre, c'est sûr. Henri ? Je pressens que notre Premier consul le gardera longtemps sous les drapeaux.

— Mais, Marie-Sophie ?

— Justement. Ce n'est pas elle qui peut gérer le domaine toute seule, encore qu'elle se soit parfaitement mise à la culture.

— Elle peut trouver un bon parti.

— Moi, je lui ai trouvé un bon parti.

— Ah ?

Un léger vertige envahit Jacques. Il dut serrer les rênes de son cheval pour se reprendre. On arrivait dans les faubourgs de Briançon. Antoine semblait contempler les fortifications comme s'il ne les avait jamais vues. Sa voix se fit plus insistante.

— Quels sont exactement tes projets personnels ?

— Retourner à Gênes, où j'ai pris des engagements pour fonder un commerce de quincaillerie.

— Tu n'as pas envie de te fixer en France ? Avec

tous ces projets de lois d'amnistie pour les émigrés et les prêtres exilés...

Soudain Terremoto sentit ses forces se coaliser pour résister il ne savait à quelle tentation.

— En France ? Mais il me faudrait repartir de rien.

— Pas si tu épouses Marie-Sophie.

Antoine prononça cette phrase au moment même où son cheval franchissait la porte de Pignerol, encombrée de chasseurs alpins, en tenue vert et blanc, qui se rendaient à l'exercice. Une sorte de brouillard se forma autour de Terremoto, voilant les hautes murailles, amortissant les bruits, dissolvant ses pensées. Il murmura : « Ça, pour une idée, c'est une idée. » Antoine s'arrêta pour attacher son cheval en bas de la Grande Gargouille.

— Ne me donne pas ta réponse tout de suite. Réfléchis.

Tout le temps que durèrent les achats, Jacques fut incapable de maîtriser ses réactions. En lui deux mondes mouvants se superposaient : l'image de la quincaillerie vendue et celle de son père en surimpression, les perspectives ouvertes par la proposition d'Antoine. Briançon semblait une vaste caserne, où se croisaient des uniformes bleu et rouge. Des chariots, des canons défilaient dans les rues les plus accessibles. Les pensées de Jacques, tronquées, informes, incohérentes, étaient prises dans un mouvement aussi désordonné que celui de la ville. Les achats terminés, Antoine entraîna son cousin jusqu'à la maison où l'on avait logé le pape après l'avoir arraché au Vatican.

— Sombre histoire. Ballotter un vieillard de quatre-vingt-deux ans dans une litière pour venger le meurtre du général Duphot à Rome, en 1798...

— Duphot ? Je l'ai vu mater à Gênes deux soulèvements paysans.

— ...lui faire franchir le col du Montgenèvre, même avec des précautions, ce ne fut pas beau. Pie VI n'a d'ailleurs pas survécu à ces trimbalages.

Après s'être désaltérés et restaurés dans une auberge, les deux cousins remontèrent à cheval. Alors, inexplicablement, Jacques sentit se clarifier ses hésitations.

— Mon cher Antoine, ta proposition me flatte et m'enchante. Mais elle se heurte à des obstacles d'ordre sentimental que tu connais d'avance. En outre, je ferais un piètre cultivateur. Et puis, je suis habitué à passer l'hiver dans une ville où le climat est beaucoup plus tempéré qu'ici.

Antoine sourit faiblement.

— L'essentiel est que tu ne refuses pas systématiquement mon projet. Marie-Sophie, certes, est jeune. Mais tu as la trentaine alerte et vigoureuse. Si elle ne t'aime pas encore, c'est à toi de la conquérir. Le métier d'agriculteur, avec de la bonne volonté, s'apprend. D'ailleurs, je connais une certaine Adélaïde Ranson qui serait ravie de vous apporter son assistance. Elle amènerait les trente moutons — tu te rappelles — qui constituent sa dot. Quant à Gênes, rien ne vous empêcherait d'y habiter pendant l'hiver. Adélaïde resterait ici pour entretenir le domaine et exécuter les petits travaux avec un bon tâcheron. A la belle saison, tu regagnerais Chantemerle avec Marie-Sophie... et vos enfants...

Jacques ne répondit rien. Pour déguiser la joie presque douloureuse qu'il éprouvait, qu'il comprenait mal, il mit son cheval au petit trot. A la hauteur de sa maison natale, il s'arrêta net.

— Je veux bien essayer. Si Marie-Sophie m'accepte pour mari...

Le premier soir où Jacques se rendit chez les Lombard, il ne put voir Marie-Sophie. Elle s'était couchée de bonne heure, se disant fatiguée par le travail aux champs. Terremoto le prit bien.

— Vous lui direz que je viendrai causer avec elle demain soir.

— Entendu.

Le lendemain, Jacques se présenta à la même heure. Joséphine, malgré sa faiblesse, sourit à son cousin.

— Tu n'as pas de chance. Marie-Sophie est encore couchée.

— Vous lui avez dit que...

Antoine intervint. Il marcha jusqu'à l'escalier.

— Naturellement. Je vais voir si elle veut bien descendre. Marie-Sophie, hé! ho! un galant qui vient te voir...

Une voix qui n'offrait aucun indice de fatigue tomba du premier étage.

— Un galant? Je ne m'en connais pas. Je préfère dormir.

Antoine perçut le désarroi de son cousin.

— Allons, ne te décourage pas. Marie-Sophie est une jeunette. Tu devrais l'accompagner aux champs et, dimanche prochain, à la messe. Tu sais, le curé Grange s'est retiré à Briançon. Notre nouveau prêtre, le père Dumontier, exerce très convenablement son ministère. Demain, ma fille va désherber une terre sur l'Adret, à mi-chemin de la Salle. Elle part à huit heures. Je ne t'ai rien dit. Tu ne sais rien.

Le lendemain, à l'heure indiquée, Terremoto se trouva comme par hasard à proximité de la maison Lombard. Marie-Sophie sortit, vêtue d'un cotillon court de toile bise, chaussée de sabots, portant sur l'épaule gauche une pioche et un sarcloir. De la main droite, elle tenait un panier d'osier dont le double couvercle était fermé.

— Tu vas travailler ?

— Oui.

— Pourquoi deux outils ?

— Selon la nature du terrain.

— Tu veux bien que je les porte ? Aujourd'hui, je suis libre. Je pourrais t'aider.

La jeune fille ne répondit rien. Jacques se chargea des outils. De profil, il distingua une oreille délicate en partie cachée par une natte. Il en fut presque ému.

— Tu te couches de bonne heure, le soir.

— Oui. Je suis fatiguée. Maman n'est pas très forte. Je dois travailler pour deux.

Terremoto n'osa pas faire allusion à ses visites infructueuses. Marie-Sophie lui en imposait par son sérieux, et par la concision de ses phrases. Quand ils furent arrivés aux champs, il ôta son habit et se mit à piocher les mauvaises herbes avec une ardeur désordonnée, tout en mettant de côté les cailloux. Au bout de vingt minutes, Jacques se sentit courbaturé. La sueur ruisselait sur son front. Il l'essuya avec un mouchoir de toile fine. Marie-Sophie le contempla avec une certaine ironie.

— On voit que tu n'as pas l'habitude de ces travaux. Tu es parti trop vite. Fais comme les montagnards. *Chi va piano va sano. Chi va sano va lontano.*

— Tu parles italien ?

— Un peu. Papa m'a appris.

— Moi, je parle italien et piémontais. Ah ! l'Italie...

Il espérait éveiller la curiosité de la jeune fille. Elle se contenta de lui tendre son sarcloir.

— Tiens. Ce sera moins pénible pour toi. Moi, je sais. Regarde.

Terremoto se sentit vexé. Mais il obéit. Ils travaillèrent longtemps, échangeant des remarques sur la terre, sur les herbes, sur les nuages que le jeune homme compara à de longues barques informes, sans provoquer de réaction chez sa compagne. Quand il fut onze heures, Marie-Sophie s'arrêta.

— Il est temps de se restaurer. Si j'avais su que tu venais avec moi, j'aurais doublé les provisions.

— Je suis trop heureux de partager avec toi...

Il s'interrompit, car la jeune fille avait un peu rougi. Elle s'assit sur un talus. Terremoto put admirer la finesse de ses chevilles, qu'elle ne cherchait pas à dissimuler. Le repas, quelque modeste qu'il fût, se prolongea. Marie-Sophie, le front légèrement plissé, avait fait des parts égales du pain rassis, du jambon fumé, du fromage sec. On but de l'eau additionnée de vin. Jacques se sentait progressivement gagné par une paix semblable à la coulée lumineuse qui emplissait la vallée. Le repas achevé, il ne put s'empêcher d'exprimer une béatitude qu'il assimilait à son enfance perdue.

— Mon Dieu, quel... quel...

Il aurait voulu trouver un terme qui rendît exactement compte de son état intérieur. Il ne put qu'articuler :

— Quel calme ! quel silence !

— Oui. On a l'impression de se fondre dans la nature.

Jacques regarda sa cousine avec admiration. Malgré sa jeunesse, elle avait employé le mot qui convenait.

L'après-midi fut identique à la matinée. Quand Jacques quitta sa compagne de travail, la proximité de l'église lui apparut un symbole évident. Cette nuit-là, il dormit d'un sommeil paisible.

Le lendemain matin, il eut le privilège d'offrir l'eau bénite à Marie-Sophie. L'office fut d'un dépouillement tel que les chants, les répons et les gestes semblaient créés à l'instant même où le curé Dumontier les exécutait. L'*ite missa est* se perdit dans les lentes et graves pulsations de la cloche. L'après-midi, après s'être recueillis sur les tombes de tous leurs parents, les deux cousins s'en allèrent à cheval jusqu'au Monêtier. Marie-

Sophie monta en amazone sur sa bête en utilisant une simple couverture repliée en guise de selle. Les montures attachées devant une auberge à l'entrée du bourg, la jeune fille accepta d'aller aux Grangettes par le chemin où Jacques Gravier, voilà plus de vingt ans, avait entraîné son petit-fils sur le mulet. Terremoto fit asseoir sa compagne près de lui, contre une bergerie en ruine. Alors il lui parla inlassablement de son enfance, de ses espiègleries, de sa mère. Il lui expliqua l'origine de son surnom. Marie-Sophie l'écoutait sans le regarder, cueillant de temps en temps un brin d'herbe qu'elle portait à sa bouche pour la couper avec ses dents. Un nuage cacha le soleil. La jeune fille se leva.

— Il est temps de rentrer.

— Je ne t'ai pas trop ennuyée avec mes radotages ?

— Non.

A force de travailler et de se promener ensemble, les jeunes gens finirent par intriguer les habitants de Chantemerle. Certains demandèrent aux deux familles, sur un ton faussement innocent, quand on célébrerait les fiançailles. Antoine répondit :

— Bientôt, je pense.

Lorsque Jacques, le premier dimanche de juillet, au début de l'après-midi, demanda à Marie-Sophie, en présence de ses parents, si elle consentait à devenir sa femme, elle ne tressaillit pas, elle ne rougit pas. Un long silence s'établit.

— Je suis encore bien jeune.

— Je te déplais peut-être ?

— Non. Mais je ne te connais pas assez. Que

sais-je de ta vie en Italie, par exemple ? Joseph nous avait parlé de vagues projets de mariage te concernant.

— Tu voudrais que...

— Je voudrais.

Terremoto demeura stupide d'étonnement et d'admiration. Poser de telles questions devant son père et sa mère représentait une belle maturité. Celle-là serait une maîtresse femme.

— Bien. Je ne te cacherai rien.

Les jours suivants, Jacques raconta à sa cousine ses deux aventures sentimentales avec Catherine Sertorio et Victoria de Negri. Il décrivit leur beauté, les obstacles qui avaient fait échouer leurs rêves. Marie-Sophie écoutait, comme d'habitude sans faire de commentaire. Quand fut terminé un récit où n'entrait nulle complaisance, nulle fatuité, la jeune fille posa une question qui dérouta son cousin.

— Et Françoise ?

— Françoise ? Elle n'a pas compté pour moi. Je ne l'ai pas vraiment aimée.

Comment révéler à une jeune fille encore adolescente les élans dont un homme était le théâtre et la victime ?

— Oui, je comprends.

Merveilleuse Marie-Sophie, qui comprenait tout sans qu'on lui donnât d'explication. Terremoto lui prit les mains. Elle ne les retira pas.

— Alors, tu veux bien de moi comme mari ?

— Je te donnerai ma réponse demain.

Cette nuit-là, Jacques dormit mal. Il décida, si Marie-Sophie refusait de l'épouser, de regagner

Gênes immédiatement. L'idée d'entrer dans les ordres ne l'effleura qu'un court instant.

Le lendemain matin, il achevait son bol de lait, en compagnie d'Agathe, quand sa cousine entra. Elle portait une longue robe bleue serrée à la taille par une ceinture. Un chapeau de paille jaune clair lui emboîtait la nuque. Le bord antérieur lui dégageait largement le front. Jacques pâlit. Il fut incapable de se lever.

— Bonjour. Je vous dérange ?

— Pas du tout. Tu veux du lait ?

— Non, merci.

Agathe souriait avec une légère ironie.

— Quel bon vent t'amène ?

Marie-Sophie ne répondit pas immédiatement. Chacune de ses nattes prise dans une main, elle contemplait un point peut-être éloigné à l'infini. Une grosse mouche bleue traversa la pièce comme une phrase musicale stridente. Enfin la jeune fille parla.

— Jacques, tu m'as demandé hier si je voulais t'épouser. Ma réponse est oui.

Elle s'approcha de Terremoto, se pencha sur lui, et appuya faiblement ses lèvres sur les siennes. Avant qu'il ait pu lui saisir la taille, elle s'était déjà écartée de lui.

— Maintenant, au travail ! Je vais me changer. Aujourd'hui, je te donne vacances. Mon père t'attend pour mettre au point les ennuyeux détails matériels. Je vous fais confiance.

Le mariage fut fixé le 15 août 1802. Les plans conçus par Antoine furent définitivement arrêtés. En attendant que la ferme fût libre — on connaissait la terrible signification de cette formule —, les jeunes mariés habiteraient chez les Lombard. Plus tard, Adélaïde viendrait s'y installer avec ses trente moutons. Les époux Ranson résideraient à Gênes de novembre à avril. A la belle saison, ils feraient valoir le domaine de Chantemerle. La quincaillerie et l'agriculture se compléteraient de façon efficace. La fièvre des préparatifs fit passer inaperçu le plébiscite du 29 juillet 1802. Bonaparte fut élu consul à vie par plus de trois millions et demi de oui contre à peine neuf mille non. Seul le futur abbé Guillaume Lombard fit remarquer que l'on reviendrait sans doute bientôt à la monarchie. La seule différence était que « Bonaparte », prénommé Napoléon, n'avait aucune ascendance royale. Jacques sourit avec indulgence. Pour l'instant, il ne pensait qu'à jouir de son bonheur. La noce fut simple et discrète. La santé de Joséphine, la présence aux armées d'un Ranson et d'un Lombard interdisaient toute réjouissance bruyante. A l'église, après le mariage civil à Saint-Chaffrey, le curé Dumontier prononça un sermon d'une élévation dépourvue d'emphase. Il rappela l'importance essentielle que le Christ attachait à l'union de deux chrétiens. Le soir venu, les nouveaux époux se retirèrent dans la chambre qu'on leur avait aménagée au premier étage de la maison Lombard.

Epilogue

Comme le prévoyait et le redoutait Antoine, son épouse mourut vers la mi-janvier 1803, d'un terrible crachement de sang. Jacques et Marie-Sophie avaient regagné Gênes dès le début de l'automne. Pour eux, il était hors de question de venir assister aux funérailles. Les nouvelles mettaient une grande semaine pour arriver de Chantemerle, et l'hiver rendait les routes impraticables. De toute manière, Jacques était retenu par ses affaires. La quincaillerie qu'il avait fondée avec l'aide des frères Prat exigeait qu'il fût présent pour assurer les achats, développer les ventes et, dès le mois de mars 1803, tout évaluer en francs germinal. Marie-Sophie trouva dans cette activité un dérivatif à son chagrin, qui n'en restait pas moins profond. Elle ne s'en libéra qu'au printemps, quand elle et Jacques purent retourner en

France. Sur la tombe de sa mère, elle s'agenouilla et pleura longtemps, puis se releva plus sereine, mais avec difficulté. Enceinte de quatre mois, elle attendait son premier enfant pour l'automne. Jacques avait décidé que l'accouchement se ferait à Gênes, ainsi l'on n'aurait pas à imposer un long voyage au nouveau-né. Depuis quelque temps, il éprouvait une étrange angoisse qui lui semblait venir de la qualité même de son bonheur.

Le printemps et l'été se passèrent à organiser le domaine sur des bases nouvelles. Le jeune Guillaume, le propriétaire légal, devait entrer au séminaire de Gap. Le cadet, Henri, serait peut-être libéré de ses obligations militaires, mais déjà l'affaire de Malte, cette île que les Anglais ne voulaient pas céder à Bonaparte, menaçait de rétablir l'état de guerre. Antoine, fidèle à ses plans, installa Adélaïde à la ferme et engagea un journalier que l'on continuerait à employer pendant l'hiver. Le cheptel s'élevait désormais à deux chevaux, un mulet, et cinquante moutons qui furent emmenés au Sapet par un jeune berger. Le foin, le seigle et le blé donnèrent une assez belle récolte. Quand tout fut mis en ordre, Antoine Lombard s'en alla vivre à Saint-Véran, où il avait acheté une petite maison entièrement revêtue de planches, selon la mode du pays. Un mois plus tard, Jacques et son épouse regagnèrent Gênes. Le docteur italien laissa entendre que Marie-Sophie portait des jumeaux. L'accouchement eut lieu au début du mois d'octobre. Il s'agissait d'une fille et d'un garçon qui moururent à quelques minutes d'intervalle. Jacques eut tout juste le temps de les baptiser, le prêtre habitant trop loin. Quand il annonça le malheur à son épouse, celle-ci laissa couler de lentes et silencieuses larmes. Son mari la consola avec patience. Cette double mort le libérait de son anxiété. Enfin Dieu consentait à le châtier des fautes qu'il avait accumulées pendant les dernières années : ses amours, ses mensonges, peut-être même sa dérobade devant la Révolution. Maintenant, il allait pouvoir vivre et mener son destin d'homme sans plus redouter de châtiment.

Jacques Ranson fut définitivement en paix avec lui-même et avec le Seigneur quand, le 2 novembre 1804, Marie-Sophie mit au monde une petite fille qui fut appelée Thérèse. Elle pesait plus de huit livres de Gap, quatre kilogrammes si l'on comptait en unités modernes. Elle mesurait vingt-cinq pouces, soit environ cinquante centimètres. Le visage de Thérèse tenait à la fois de sa grand-mère Cécile et de son grand-père Antoine : finesse et vigueur conjuguées. Jacques respira profondément, comme il le faisait lorsqu'il avait atteint une certaine altitude. Le monde retrouvait son équilibre. Bonaparte s'étant proclamé empereur des Français sous le nom de Napoléon Iᵉʳ, la France avait un nouveau monarque qui semblait invincible. L'Empereur allait envahir l'Angleterre. La récente coalition des Autrichiens et des Russes ne tiendrait pas devant les armées françaises. La paix sociale, la religion seraient rétablies. Si seulement l'Empereur n'avait pas, en mars dernier, fait exécuter le duc d'Enghien, en qui les royalistes voyaient leur futur souverain. On ne pouvait remonter le cours de l'histoire. Témoin cette adorable Thérèse. Du passé elle tenait sa force fondamentale. Tout l'avenir était virtuellement inclus dans ce petit être dont les faibles cris pouvaient signifier aussi bien la joie que l'angoisse de vivre. Il était le présent qui, par sa plénitude et sa nécessité, justifiait la totalité de la création.

Jacques embrassa tendrement son épouse qui, les paupières closes, les mains à plat sur le lit, reprenait son souffle.

— Merci... merci... merci...

Marie-Sophie ouvrit un peu les yeux.

— Merci... de quoi ?

— Je ne sais pas... merci... de tout...

Terremoto était si ému qu'il eut été bien incapable de préciser l'origine de sa gratitude. Mais il la percevait intense, infinie, définitive.

Le Briançonnais de Terremoto

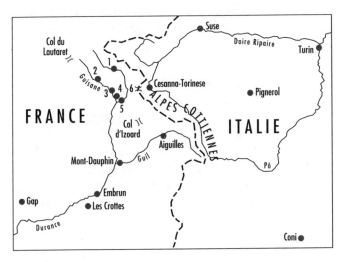

1 Nevache
2 Le Monêtier

3 Chantemerle
4 Saint-Chaffrey

5 Briançon
6 Col du Mont-Genèvre

IL RACONTE

Né en 1913 en Saône-et-Loire, **Yves Sandre** fut pendant vingt ans professeur de Lettres à Vitry-le-François. Si dans sa famille l'enseignement est une tradition, l'écriture en est une autre. Ainsi, *Le Dévorant* — publié dans la même collection — s'appuyait sur les mémoires de son grand-père maternel. Prenant la suite de ce premier roman, *L'Enfant de cristal* raconte quelques années de l'enfance de l'auteur. Chronique familiale, *Terremoto* est l'histoire, à peine romancée, d'un de ses aïeuls à l'époque de la Révolution.

Agrégé de Lettres, ancien maître assistant à la faculté de Nanterre, Yves Sandre est aussi peintre et poète.

IL ILLUSTRE

Jean-Luc Didelot est né dans les Vosges en 1960. Ses études aux Beaux-Arts de Metz ont fait de lui un illustrateur plein de promesses. Auteur des exploits exemplaires de Paul Ratin, Jean-Luc Didelot profite des aventures polaires et inédites de son héros pour goûter à la quiétude sans mélange du Grand Nord. Ses rares escales lui ont heureusement permis d'illustrer *L'Enfant de Cristal*, *Le Dévorant* et *Terremoto*, ce dont tout un chacun pourra se féliciter. Jean-Luc Didelot collabore également, chez Casterman, à la collection ''Les Objets font l'histoire'' dont il a illustré *La Boussole*, *L'Amphore*, *La Cloche*, *L'Ampoule électrique* et *L'Ecu*.

TABLE DES MATIÈRES

Imprimé en Belgique par Casterman, s.a., Tournai.
Dépôt légal: septembre 1992; D. 1992 /0053/119.
Déposé au Ministère de la Justice, Paris (loi n° 49.956 du 16 juillet 1949 sur les publications destinées à la jeunesse).